SPEC〜零〜

原案／西荻弓絵
原作／里中静流
ノベライズ／豊田美加

角川文庫 17370

スペック 零

警視庁公安部公安第五課
未詳事件特別対策係事件簿

プロローグ

はるか眼下に、赤い大地が果てしなく広がっている。

ところどころにブッシュの生えた砂漠は荒涼として、動くものは何ひとつない。が、この灼熱《しゃくねつ》の大地にも、過酷な自然に適応した動物が生息しているというから驚いてしまう。

もちろん、この高度からは、その姿が見えるはずもないのだが。

2003年、南オーストラリア州中央部に位置するウーメラ砂漠。その上空を、中型のジェット機が白い雲の尾を描きながら飛んでいた。

「ここにパパたちの作ったはやぶさが還《かえ》ってくるんだね」

この春、小学校に上がったばかりの当麻《とうま》陽太《ようた》は、小さな窓に顔を張りつけるようにしてキラキラと輝く利発そうな瞳《ひとみ》を赤土の砂漠に向けている。

「そうだ。予定どおりいけば2007年に還ってくるはずだ。まあ、そんなに簡単にはいかんだろうがな」

そう言って、父の天《そら》は柔和な笑顔を浮かべた。今、太陽の周りを回っている小惑星探査機の開発にも携わった科学者で、43歳にしては白髪の多いボサボサ頭の中には、次期ノーベル物理学賞候補とも噂される並外れた頭脳が収まっている。

「ウーメラ砂漠、高まる〜」

陽太が、日本で祖母と留守番をしている姉の口真似をして言った。

「紗綾《さや》にも見せたかったわね」

残念そうに目を細めたのは、母の流夏《るな》だ。文字どおりの良妻賢母で、元女子アナ、かつてジャイアンツの選手たちから日テレ小町と謳われた容貌《ようぼう》は、四十路《よそじ》を迎えた今も少しも衰えてはいない。

「餃子《ギョーザ》の食べ過ぎで鼻血が40時間も止まらんかったのだ。置いてくるしかなかろう」

天が苦笑交じりのため息をついた。鼻血が止まらなくなるほどの食べ過ぎ。高校2年生になる娘の餃子に対する異常嗜好《しこう》を苦笑ですませてしまうあたり、浮世離れした天才科学者らしいというべきか。

「これも何かのお告げかもね」

流夏が何やら意味深な言葉を口にした時だ。ひとりのスマートなスチュワードと、ふたりの太ったスチュワーデスが、3人の前に立った。

〈当麻様。そろそろ私たちによいお返事を頂けませんでしょうか〉

スチュワードが、なまりのないパーフェクトな英語で言った。

〈君たちは誰だね。念のため訊くが〉

天も、その隣の席に座っている流夏も、さほど驚いた様子はない。ただ陽太だけは、突然始まった父親とスチュワードの会話をきょとんとして聞いている。

〈念のためお答えします。ファティマ第三の予言研究学会の者です〉

陽太はますますきょとんとした。ノストラダムスの大予言、というやつなら聞いたことはあるが、ファティマ第三の予言とは、いったいなんだろうか。それに、この者たちは客室乗務員ではなかったのか。

しかし父は正体をとっくに知っていたようで、軽くうなずくと、不機嫌そうに眉根《まゆね》を寄せて言った。

〈念のため答えるが、私は研究者だ。どこの権力とも与《くみ》しないと昨年9月11日9時11分に回答した〉

〈念のためお伺いします。そのお気持ちは最終的に変わりませんか〉

〈解はすでに出ている〉

天がきっぱり答えると、スチュワードの顔から張りつけたような愛想笑いが消えた。

〈これでも?〉

次の瞬間、スチュワードの髪が生き物のように形状を変えた。

アッと叫ぶ間もなく、槍《やり》状になった髪が扇のように広がって機体に突き刺さる。たちまち胴体に亀裂《きれつ》が入り、あちこちから上がった乗客の悲鳴をかき消すように、あたり一面が真っ赤な炎に包まれた。

「父さん、母さん」

のどを焼く熱い空気に咳《せ》き込みながら、陽太は叫んだ。父と母が目の前で火だるまになっている。頭の中が真っ白になって、どうにもできないままの陽太の耳に、突然、象の鳴き声のような音が轟《とどろ》いた。

ふたりの太ったスチュワーデスが、かたつむりのように渦を巻いた楽器を吹いている。

その名前がホルンだということを陽太が思い出す前に、周囲の空気が揺れ始めた。

震動の中で、スチュワードとスチュワーデスたちの姿が徐々に消えていく。

恐怖のあまり吐き気を覚えながら、陽太ははっきりと理解した。

——何か、とてつもなく恐ろしいことが起きている。

得体の知れない何者かに向かって、陽太は絶叫した。

「待って!!」

父さんと母さんを助けて。

僕を助けて。

「止まれ!!」

死にたくない、死にたくない、死にたくない、死にたくない……。

「止まれよ!!」

陽太の叫び声に共鳴したかのように、時空が大きく震動した。

＊

その翌日、きれいに整備された河原のテラスで、ツインテールの女子高生がベンチに座って新聞を広げていた。

新聞各紙のトップを飾っているのは、昨日、オーストラリアのウーメラ砂漠で起きた飛行機事故だ。

『邦人三人を含む全員死亡』

『三人は家族旅行中』

『当麻天ははやぶさの開発チームの一人』

何度記事を読み返しても、遠い世界の出来事のようで、まるで実感がない。

が、現実には、天涯孤独になった哀れな娘をスクープしようと、ハイエナのようなマスコミ連中が自宅を取り囲んでいる。電話は鳴りっぱなしで、祖母の葉子《ようこ》は耳鳴りがすると言ってケーブルを抜いてしまった。

女子高生は新聞をたたみ、ずり落ちたメガネを指先で直しながら、そっと顔を上げた。

家族でよく散歩したこの河原はウソのように静かで、昨日と何ひとつ変わらない。

足元では、三毛の雑種らしいノラ猫がおいしそうにミルクを飲んでいる。彼女はその傍らにしゃがみ込んで、優しく声をかけた。

「たーんと飲みなっせ。あんたにミルクをあげてた人は、もうこの世にいないんだから」

河原に住み着いたこのノラ猫にこっそりミルクをあげていた弟を怒ったのは、たった数日前のことだ。母の流夏に何度叱られても、猫好きの陽太はノラ猫を見かけるたび、エサを与えることをやめなかった……。

「――――」

風にきらめく水面を見ていると、ふいに後ろからトボけたような声がかかった。

「あの――、当麻紗綾さんでしょうか」

30歳前後くらいの、見知らぬ女だ。なぜ、こちらの名前を知っているのだろうか。クシの通っていないもつれ髪といい、流行《はやり》を拒否したダサいロングスカートといい、その見かけも醸し出す雰囲気も、普通の主婦やアラサーＯＬには見えない。

「誰？　あんた」

当麻が怪しそうな目を向けると、その女は、肩にかけたでかいトートバッグの中に手を突っ込んで、何やらガサゴソしはじめた。

「何探してんの」

「警察手帳です」

「は？」

まさか、この女が警察官？　フザけるにもほどがある。

「あった」

まるで奇跡だとでもいうように女はニカッと笑い、トートバッグから警察手帳を取り出して中を開いて見せた。

「柴田《しばた》です」

名前は柴田純《じゅん》。顔写真も、確かに目の前の女と同一人物だ。

「だから何？」

「刑事です」

柴田という女刑事は余裕をかましているのか天然なのか、ぶっきらぼうな当麻の態度もまったく気にならないようである。

「あたし、今、すげえ機嫌悪いんだけど」

すると柴田は急に表情を引き締め、ひたと当麻を見据えた。

当麻は瞬時に悟った。この女、凡人ではない。そこらにいる並の秀才でもない。ずば抜けた頭脳の持ち主だ。

「あなたのお父さん、お母さん、陽太君は殺された可能性が高いです」

脳天に力いっぱいハンマーを振り下ろされたとしても、これほどの衝撃は受けなかっただろう。

「殺された？　誰に？」

当麻は震える声で訊《き》いた。柴田が真実を語っていることに、微塵《みじん》も疑いはなかった。

「スペックを持つ者たちですよ」

「スペック？　何すかそれ」

この瞬間から、当麻の運命はめまぐるしく回り始めた。

1

それから6年が過ぎた。

その日、野々村光太郎《ののむらこうたろう》は、成田《なりた》国際空港の到着ロビーにいた。

4月になって春休みの終わったターミナルは、海外旅行をする学生の姿がないせいか、あるいは新型インフルエンザの影響か、いくぶん人が少ないようだ。

「当麻紗綾。年齢23歳、京大理学部出身。アメリカのFBIでX-FILESを研究」

野々村は老眼の目を細め、捜査一課弐係時代の部下である柴田から受け取ったメモを小声で読み上げた。東大法学部卒の柴田といい、またしても優秀な人材で実に喜ばしい。しかも新たに創設された部署の、ふたりきりのメンバーだ。

野々村自身はすでに定年退職して久しいが、嘱託として係長に就任したのである。

「餃子《ギョーザ》好き。見ればすぐわかると思います。こんな感じ。柴田」

最後に、小学生より下手な似顔絵が描いてある。もはや人間かどうかさえ定かでない。

「……見てもすぐわからない。てか、全然わからない」

大失態である。新しい部下を迎えにきたものの、どうやって見つければいいか、まったく考えていなかった。

途方に暮れた野々村は、「そだ」と一計を思いついた。ゆとりのまったくなかった世代は行動だけは早い。

『警視庁公安部公安第五課未詳事件特別対策係の当麻紗綾様』

さっそく手に入れた立て看板に大書して、人垣に負けないよう高く掲げる。ちょっとヘルニアの腰が痛むが、これなら当麻にも見えるはずだ。

と、ピシッと鋭い音がして、真っ二つに看板の柄が折れた。

「な、なんだ――」

銃声のような音だったが、まさか。折れた部分を見ると銃痕《じゅうこん》であるような気もするが、まさかまさか。

その時、革ベルトに装備した無線機から声が入ってきた。

『てめえ――、公安の機密を堂々とバラしてどうすんだよ』

「は？　公安の方？　ど、どこに？」

キョロキョロとあたりを探すが、それらしき人影は見当たらない。当然である。

『捜査一課みたいなぬるいことを公安来てもやってっと、次はてめえの眉間《みけん》、ぶち抜くど』

「ひ――」

ゆとりどころか、一刻の猶予もなくなった。

焦りに焦って新しい立て看板を作った野々村は、再び到着ロビーに舞い戻った。

『当●●綾さんを探しています　●々●』

ところどころ伏せ字にしてみたが、どうだろうか。

「わかるかな……、わかんねえだろうな」

立て看板のレーゾンデートルについてつらつら考えていると、片手にパスポートを持ち、赤いキャリーバッグを引いた若い女性が目の前を通りかかった。

そう、若い。若いのだが、若々しくない。

化粧っ気がまったくないせいだろうか。あるいは、グレーのスーツに星明子《ほしあきこ》を彷彿《ほうふつ》とさせる白い靴下という、ヤング感皆無のファッションのせいだろうか。はたまた、猫背気味の陰気な姿勢のせいだろうか。

「サヤ～‼　トウマサヤ～。オーマイハニ～（泣）」

突然、背後ですっとんきょうな声が上がった。

トウマサヤ？　野々村はパッと笑顔になって振り返った。ブラボー立て看板。

「あ、わかりますか。よかった。……よかった。ん？　あなたは？」

声の主は日本人離れした顔立ちにメガネをかけた長身のイケメンである。が、服装はラフで、お世辞にもオシャレとは言えない。

そのイケメン青年は立て看板とじーさんを無視して横を通り過ぎ、大きく両腕を広げながら、先ほどの地味女をつかまえようとしている。

地味女はその腕をスルリとすり抜け、大きな目でイケメン青年をにらみつけた。

「てか、馴《な》れ馴れ馴れ馴れしい」

「なんで。てか、それが迎えに来た彼氏に言う言葉？」

いきなり、痴話げんかが始まった。

「先週まで、私のアパートの近くのホテルにいただろ。ストーカーじゃねーか」

え？　事件？

「会いに行きたかったから、行ったんだろ。恋人をストーカーなんてひどいよな。紗綾は」

では、やはりコレが新しい部下なのか。野々村は、おずおずとふたりの間に割って入った。

「あのう……当麻さん？」

「誰だよ？」

まずお前が名乗れと言わんばかりに、ふてぶてしく訊き返してくる。すると、餃子臭がほのかに香ってきた。うむ、間違いなさそうだ。

「野々村です。公安部公安第五課未詳事件特別対策係係長の野々村です」

上司とわかると、当麻はほんの気持ち程度に襟を正して敬礼した。

「ＦＢＩの研修を終えて、公安部公安第五課未詳事件特別対策係に着任します当麻紗綾です」

野々村はホッとして、いかつい四角顔をニコニコさせた。

「当麻君。帰国早々申し訳ないが、未詳にこのまま来てもらえるかな」

「というと」

「事件だよ」

「いやーん大好物♥」

とたんに当麻がニヤリとした。

「………」

若い女性の発する「いやーん」がこれほど異様に聞こえるのも珍しい。

当麻はキャリーバッグをつかみ、すぐ後ろに立っている自称彼氏――正確には大学時代の同級生だった地居聖《ちいきとし》を振り返った。

「てことで、去《い》ねっ」

「去ねって……帰れってこと?」

「あたしは仕事だから。んじゃ」

くるりと背を向け、当麻は野々村と連れだってサッサと出口へ歩いていく。

「あいかわらず、冷たいな～」

Mっ気全開でうれしそうにつぶやく地居には、そこはかとなく残念な空気が漂う。

なぜか253系、成田EXPRESSである。

「フツー、パトカーで現場に急行しません?」

出鼻をくじかれた当麻は、さっきからぶうぶうぶうたれている。

「うちはその予算ないから。タハハ」

「タハハじゃねーから」

「クスス」

薄気味悪い笑い声。振り返ると、いつの間にか地居が後ろの席に座っている。

「クスじゃねーから」

靴底にへばりついたガム並みにウザい。地居は今、東大理学部生物情報化学科の研究室に所属しているという。当麻は携帯を取り出し、どこかへ電話をかけると、声を潜めて何やら話し始めた。

何も知らない地居は、うれしそうに水筒に詰めてきたオーガニックハーブ緑茶を飲んでいる。何しろ東京駅までノンストップ、1時間はマイハニーと一緒だ。

と、思いきや、電車は次の駅で緊急停止し、乗り込んできたふたりの制服警官が地居を両側から抱え、有無を言わさず連行していった。

「ストーカーじゃないです。信じてください――」

地居の悲痛な訴えが虚《むな》しく車両に響く。

ガムを速やかに排除した当麻は、してやったり顔である。野々村はあっけに取られた。

先ほどの電話で当麻が通報したに違いない。

「君の彼氏じゃないの……？」

当麻は知らんぷりで、わざとらしく口笛など吹いている。

野々村は小さくため息をついた。柴田もそうとうな変わり者だったが、当麻もこれまた一筋縄ではいかなそうである。

＊

地下鉄桜田門《さくらだもん》駅の出口を出ると、まるで皇居を守る番犬のように警視庁の建物がドーンとそびえ立っていた。

「当麻君、こっちこっち」

武者震いしつつ正門から入ろうとした当麻は、なぜか野々村に呼び止められた。

「え？」

連れて行かれたのは、警視庁の隣のビルだ。野々村はズカズカと無人の部屋に入り、デスクの上に乗って手慣れたように空調パネルを外した。

「こっちからのほうが近いんだ」

「どんだけ〜」

いきなりハリウッド映画なみの展開である。

這《は》いつくばって排気通路を抜け、
身を屈《かが》めて地下鉄の横堀穴を抜け、
なぜか（通称）警視庁のテレ朝通りを通過し、

薄暗い階段を半フロア下りて、手書きで『未詳』と書いてある看板を通り過ぎると、リフトがあって、
野々村がスイッチを押したとたん、
ふたりを乗せた箱がチュイーンと上がっていった。

ぶつかるような衝撃と共にリフトが止まり、扉が開く。

「!!」

「ここが地下21・5階に秘密裡《ひみつり》に創設された我々の城、公安部公安第五課未詳事件特別対策係だよ」

野々村が胸を熱くして当麻を招き入れた。

「汚な。ほこりクサ。てか、ただの倉庫じゃね」

その胸の温度差ときたら、高低差ありすぎて耳がキーンとなるほどである。

野々村は内心ガックシしながら、苦笑いした。

「まあ、そういうユニークな解釈があってもいいかな。タハハ」

広々しているとはいえ、コンクリート打ちっぱなしの壁は寒々しく、ガランとした印象は否めない。さすがにデスクはそろっているが、机の上にはパソコンすらなく、資料棚も

スカスカで、部屋の大半が備蓄品倉庫と成り果てている。

窓のない地下のうえに照明が夜モードなのか、青く沈んだ部屋自体が、奥のほうに置いてあるミジンコの水槽のようだ。

しかし、文句を言っても始まらない。当麻は自分のデスクを決め、横にキャリーバッグを置いて野々村に向き直った。

「で、事件ってなんすか」

野々村が柿ピーの瓶を置いたデスクの引き出しから、資料を持ってきた。

「これだ」

表紙をめくり、数人の遺体写真を当麻に見せる。老若男女いろいろだが、全員成人した外国人で、そろって身なりがいい。

「共通項は……」

言いかけた野々村の言葉の先を、当麻が引き取った。

「石油系メジャーの幹部たちですね」

野々村は目を見張った。当麻があっさり解答を出したことに驚いたようである。

「よくわかったね」

「えっ、それくらい、わかりますよね。一見して……」

わからないことがわからない、という顔だ。もしかすると、あの柴田より天才かもしれない。

「タハハ……あいにく、みんなが当麻君ほど天才じゃないからね。ま、僕らはデータベースを駆使して調べたんだが……」

「いや、どうせ、対立する団体からのリークでしょ」

「え？」

あっさり図星である。

「人間の脳は10％しか使われていない。脳の残り90％にどんな能力が眠っているか、まだわかっていません。いずれ、人間の進化に合わせて、残り90％の脳の領域も目覚めていくはず――」

両親と弟を亡くしてから、すでに6年が経つ。しかしその間、河原で柴田が語った話を忘れたことは、片時もない。大学を出た当麻は、迷わず刑事の道を選んだ。

「てか、すでに、潜在能力《スペック》に目覚めている人間がいると断定されてますよね。世界の権力者の皆さんは」

「いや、まあ」

「そして、潜在能力開花者《スペックホルダー》たちは、オイルやレアメタルの如く、人的資源《ヒューマンリソース》として、資金力豊かな国家とか、大資本、あるいは宗教権力に次々と確保されている。その奪い合いが、水面下で、堂々と行われているっつーことでしょ」

「んーまあ」

「すっとぼける気っすか。ふーん。んじゃこの未詳ってのはなんのためにあるんすか」

「建前としてはだねぇ……」

「建前だあ⁉」

当麻が目を剝《む》いて凄《すご》んだ。マル暴ドラフトなら1位指名鉄板の凶悪ヅラである。

「ひー。たんま。たんま」

「あたしは当麻だよ」

「待った。ウェイト。ジャストフォアラミニッツということです。@昭和時代」

「昭和の言葉か。いちいちじーさんと話してるとややこしいな」

「当麻君は当然納得できないか、とは思うが、超能力だ、スペックだと言っても、警視庁《けいしちょう》の上のほうがなかなか納得しなくてね」

「なんで？　SFとかマンガの世界の話だと思ってるんすかね」

当麻はつまらなそうに鼻をほじり始めた。

「それもあるが、今の法制度の中では、超能力者の犯罪に対応できない。君も知っていると思うが、我が国は罪刑法定主義といって法律で定められた要件を満たしてないと、どんな犯罪でも立件できない」

「だから、捜査一課じゃなく、蛇の道は蛇っつーことで、公安に未詳が作られたんすね」

今度は耳をほじっている。23歳のギャルが鼻をほじったり耳をほじったりする光景はめったにお目にかかれるものではないが、ほじりながらビシバシ核心を突いてくるので、野々村のほうはツッコむどころではない。

「まあ、かっこよく言えば、そういう事だけど、ま、捜査一課が、こういう事件を扱いたくないっていうのが最大の理由かな。ほら、あの人たち、プライド高いからさ」

当麻は、ふーんと冷めた顔をした。のらりくらり、かわしやがって……じーさん、なかなかの狸っぷりである。昔むかし捜査一課一係の敏腕刑事だったという話も、なるほど嘘ではないらしい。

「昔の未解決事件とかの被害者のクレームを受けつけるのが、捜査一課弐係の仕事なら、僕らの仕事は、超能力で呪い殺されたとか、宇宙人に誘拐されたとか、ま、ちょっと頭のおかしいクレーマーを相手にするのがメインの仕事ってことだね。タハハ」

「ZZZ……」

当麻がいびきで意を伝えると、野々村は悲しそうにその肩を揺すった。

「……当麻君、起きて」

「ZZZタテマエはいいすから、そこにある事件を見せてくださいよ」

「ああ……」

資料を出そうとして、野々村はつかの間、躊躇《ちゆうちよ》した。その手から、当麻がバッと資料をむしり取る。

「あたし、事件、解決しちゃいますよ。いやかもしんないっすけど」

「まさか、まさか。田村正和《たむらまさかず》……」

ダジャレ@昭和を無視して、当麻は資料を読み始めた。

「いわゆる、心臓麻痺《まひ》ってことなんすね」

「ああ。ただ、不審な点があるということなのだが……」

「わかりますよ。心臓につながる血管が、指で挟み潰《つぶ》されてる。んで、血が心臓にいかなくなり、結果、心臓麻痺を起こして死んだ」

「しかし外見には傷がない」

「あれっすかね。昔やってた心霊手術みたいなもんすかね」

すると野々村がポンと手を叩《たた》いた。

「あー。あったねえー。お腹にズブズブと手を入れて、悪いところを取り出して手術するってやつ。あれ、お腹の表面には傷ひとつないっていうのが不思議だったんだよな」

「その手のほとんどの心霊手術は、のちにインチキである事が証明されましたからね」

ウンウンとうなずきながら、野々村が名探偵よろしく周囲を歩き回る。

「鳥の内臓とか使ってたんだよね」

「ま、今回は実際に心臓まで到達してるわけですから、マジックより、スペックと考えたほうがよさそうですね」

言いながら、当麻はキャリーバッグの取っ手をつかんだ。

「スパーン！　でも、念動力という考え方もあるよ。ね」

野々村が得意げに後ろを振り返ると、当麻がいない。

「行ってきまーす」

いつの間にかリフトに乗っている。野々村は慌ててあとを追った。

「ちょい、待った。待った」

過去、幾人もの犯人を捕まえた健脚も老人性膝関節《しっかんせつ》症に悩まされ、情けないことにウィーンと下がっていくリフトに足を挟まれる。

「いてー」

野々村は涙目で悲鳴を上げた。

＊

ふたりは、そろって遺体安置所にやってきた。

線香のにおいが染みついたようなコンクリの四角い部屋に、先ほど写真で見た被害者の遺体を寝かせたベッドがずらっと並んでいる。

何しろ、普通の死に方ではない。当麻は解剖時の写真と見比べながら、隅々まで遺体を観察した。

その後ろで野々村は恐ろしげに眉《まゆ》をひそめていたが、このままでは、柿ピーとダジャレ好きのリフトに足を挟まれた怖がりの老人というだけで、まったくいいところがない。

野々村は上司としての威厳を取り戻すべく、コホンと咳払《せきばら》いをして言った。

「さっき、当麻君は聞こえなかったかも知れないんだけど、スパーン！ 念動力で心臓を握《にぎ》り潰したっていう考え方もあるよね」

「それはないっす」

即座に否定される。

「えー。なんで？」

「ほら、ここ」と、当麻が死体の爪の中を指差した。野々村が「ん？」と首をのばしてのぞき込む。

「ここに抵抗した時、相手からむしりとった表皮が詰まってます。つまり、スペックホルダーは、生きたままの被害者の肉体に直接、手を突っ込み、相手の苦しむ姿を間近で愉《たの》しみながら殺した……」

当麻の説明を聞き、野々村は思わず身の毛がよだった。

抵抗する被害者をなぶり殺しにしている犯人のイメージがいやおうなく湧いてくる。

顔ははっきりしないが、口元には残忍なニヤニヤ笑いを浮かべている。

被害者の胸の中に、ズブズブと入っていく犯人の手。

苦悶《くもん》の表情を浮かべながら、その手に必死で爪を立てる被害者。

やがて被害者はウッと力を失い、心臓をわしづかみにされたまま息絶えてしまう――。

「スペックの特性もあるでしょうが、ま、犯人は快楽殺人犯ですな。高まる～」

「――――」

昭和の常識では恐れるか憤るべきところを、当麻は心底嬉々《きき》としている。

これもジェネレーションギャップだろうか。野々村は当麻の崩壊気味のキャラを認めまいと必死だ。

「この爪の中の皮膚をDNAのデータベースに回してください。それと、この死体全部を念のためMRIにかけてもらっていいですか」

「MRI？」

「体を輪切りにして撮影するやつですよ。解剖されてる部分はグチャグチャにされてるでしょうが、他に何か見つかるかも知れない。なんでもいいから、手がかりが欲しいんす」

「わかった」

野々村は気を取り直してうなずいた。

「しかし、雑な司法解剖っすな。爪の中とか最初に調べるもんだけどな。もちろん犯人は今までDNAデータベースにのっけられるような間抜けなことはしてねーっつー自信があるから、なんだろうけど」

「まあ、司法解剖してくれただけでも御の字なんだよ。なんせ、ただでさえ忙しい司法解剖のお医者様々にお願いするだけでも、裏ルートでお願いするしかなかったからね。タハハ」

「どんだけ未詳《うち》は、サノバビッチ扱いなんすか。あんまりなめてっと、敵のスペックホルダーに頼んで、警視総監殺すぞ」

FBI仕込みなのか、やたら物騒なことを言う。

「平和平和《ピンフピンフ》、ピンフーとキラーズなんつって」

穏やかにダジャレでまとめようとしたが、当麻はガン無視である。

「しかし被害者、外人だけあって、全員結構デケえなあ」

確かに、足がベッドからはみ出しそうだ。

「ホントだね。ムム」

何か思いついたように、野々村がうなった。

「あのー犯人わかっちゃったんですけど」

あの女刑事の決め台詞《ぜりふ》をパクるとは盗人《ぬすっと》猛々しいが、当麻はあえてスルーする。

「スパーン‼　犯人は恐らくボクサー崩れのスペックホルダーだ。だったら、体が大きくても、心臓に向かって拳《こぶし》を打ち込む事は可能‼　ギャラクティカファントム」

言いながら、右手でストレートパンチを打つ。お粗末なダジャレは許せても、ハンパな少年ジャンプ知識には黙っておれない平成育ちである。

「ギャラクティカファントムはフックパンチだし、左手だし。むしろ、スペシャルローリングサンダーじゃね？　左手だけど」

さらにリンかけ返しでダメを押すと、野々村は話をそらすようにオホンと咳ばらいをした。

「それはともかく、犯人はボクサーなどの格闘家だ、間違いない」

「そうかも知れません。さすがゴリさん」

一歩引くことも大事である。

「ふふーん」

「んじゃ、それぞれが殺された現場に行きますか。現場百遍」

「望むところだ」

野々村は大きくうなずいた。

奇妙な女性捜査官と、じーさん嘱託係長のバディとは。ともあれ、未詳の滑り出しとしては、上々ではなかろうか。

2

臨海副都心に建つ超高層オフィスビルに、夕陽が反射している。

ひと昔前のオフィスビルといったら、どれも似通った面白みのない外観だったが、この国際石油資本、いわゆる石油系メジャーの持つビルは、おそらく有名な建築家が設計したのだろう、ビルというよりはオブジェのような、奇抜なデザインである。

まもなく正面玄関にベンツが止まり、スーツとサングラスの男が、黒い上下の洋服を着た、高校生くらいの少年を連れてビルの中へ入っていった。

エレベーターのボタン脇、一見して何もない部分に、男は黒いカードを当てた。どうやら、そのICカードが専用の鍵《かぎ》になっているらしい。

「警戒厳重だね」

少年がニヤリと笑う。サラサラの髪に、涼しげな目元。いかにも女子にモテそうな、草食系美少年である。

「静かにしてなさい」

「はいはい」

少年はワザとらしく肩をすくめた。

エレベーターに乗り込むと扉が閉まり、男が1から50まである数字の中から、九つの数字をランダムに押した。すぐにランプが青色に変化し、昇降機がスィーと上昇を始める。

やがて49階と50階が同時に点灯し、扉が開いた。

そこには、豪奢《ごうしゃ》な部屋が広がっていた。もし窓があれば、レインボーブリッジの架かる海が一望できるだろう。遠くに東京タワーが、数年後には竣工《しゅんこう》する東京スカイツリーも見えることだろう。

「49・5階。立派な隠し部屋だね」

「静かにしろと何度言ったらわかるんだ」

人を小馬鹿にしたような少年の口調に苛立《いらだ》った男が語気を荒げた時、部屋の奥から声がした。

「お客人に失礼だろ」

「は」

部下であるらしい男は、よく躾《しつ》けられた犬のようにさっと頭を下げた。

少年は、この部屋のあるじである声の主《ぬし》のほうを見た。数人のボディガードに囲まれて、真ん中に恰幅《かっぷく》のいい初老の男が大きな椅子に座っている。

「あなたが、この組織の日本の責任者？　ミスター・ディアブロ？」

「そうだ。君が、ニノマエジュウイチ君かね」

少年――ニノマエは、男の顔を見た瞬間に感じた違和感を、ストレートに口にした。

「ディアブロっていうから外人かと思ったけど、どっちかっていうと西田《にしだ》敏行《としゆき》っぽいね」

どう見ても、日本人顔なのだ。平たく言えば、平べったい顔なのだ。

「失礼だろ」

部下の男が凄《すご》んだ。

「え〜。西田敏行。すごい人だよ」

本気なのか冗談なのか。しかし、ディアブロはニノマエが気に入ったようだ。

「アハハ。噂どおり愉快な少年だ。本国で、だいたいの話はついたろう。君の希望どおり、日本に君を連れてきた。普通の高校生としての生活も保障しよう。母親も用意した」

「そんなことできんの」

これにはニノマエもさすがに驚いている。

「我々に不可能はないよ。君たちスペックホルダーの皆さんのおかげでね」

その時、すっと誰かが前に出てきた。若い、長身の男だ。体格といい彫りの深い顔立ちといい、まるでダビデ像のようである。

「デカ。てか何人？　フランス人？」

「………」

黙っている青年の代わりに、ディアブロが答える。

「日本人だよ。スペイン人とのハーフだがね」

青年は依然として黙ったまま、ニノマエに手を差し出した。

「そ。よろしく」

ニノマエはそっけなく言い、青年の握手を無視して再びディアブロに向き直った。

「久しぶりの日本だからさ。早く学校と、アニメイトに行きたいんだよね。だから、仕事あるなら早く言ってよ」

「心霊手術って知ってるかい？」

「来る途中に聞いたよ。そのスペックホルダーを捕まえてくればいい？　殺せばいい？」

ニノマエときたら、昆虫採集でもするような気軽さである。

「どちらでもいい。とにかく、我々にとっては強敵だ」

すでに石油系メジャーの幹部が何人も殺されているのだ。

「ちょろい仕事。そんな事もできないの。ククク。ウケる」

生意気なガキだ。そう顔に書いた部下の男たちが、殺気立った視線をニノマエに向けた。

「何、その態度」

ニノマエの目が残忍さを帯びたかと思うと、次の瞬間、全員の顔の中心に1本の赤い点線が縦真一文字に描かれた。

「なんだ。顔に赤い線が？」

ディアブロがけげんそうに部下の男たちを見た。

「BOSSこそ」

「え？」

互いによくよく見ると、鼻のところに小さく『切り取り線』と文字がある。真っ二つになった頭部を想像して、男たちはヒッと顔を押さえた。

「僕は時間を止めることができる。その気になれば、このフロアにいる全員を、一瞬で殺すことができる」

「――――」

細身の華奢《きゃしゃ》な少年を相手に、屈強な大の男たちが怯《おび》えて声も出せない。

ニノマエは男たちの前を歩いていき、壁にマジックで大きく「一《ニノマエ》」「十《ジュウ》」「一《イチ》」と縦書きした。それは、「王」という文字を成している。

「僕の名前は、ニノマエジュウイチ。この世界の王だ」

何者をも屈服させずにはおかない冷酷な笑みを前に、ディアブロたちは震撼《しんかん》した。

「決まった!! 練習してたんだよね。うヒ」

「ニノマエさん。ガチ、かっこよかったっすよー」

ディアブロが太鼓持ちと化して手を叩《たた》く。竿《さお》を持たせてキャップを被《かぶ》せれば、そのまま釣りバカ日誌に出演できそうな芝居気である。

「マジでー。やー。うれしいなぁー」

そこはあんがい素直にニノマエがテレ笑いしていると、エレベーターの扉から、青いチャイナドレスの美女が拍手しながら入ってきた。

「かっこいい〜。食べたーい」

完璧《かんぺき》なメイクに隠されて実年齢はうかがい知れないが、手に持った扇子の使い方がやけにジュリアナっぽい。

「おう。到着されましたか、マダム陽《ヤン》」

ディアブロが両手を広げて歓迎する。

「マダム陽?」

ニノマエがおうむ返しに訊《き》くと、ディアブロはニヤッとした。

「君と同じく、スペックホルダーだ」

どんなスペックを持っているのやら。とりあえず、礼を尽くしておいてソンはない。

「よろしく。ニノマエジュウイチです」

握手を求めると、マダム陽は床に膝《ひざ》をついてニノマエにうやうやしく頭を下げた。

「あなたはいずれ、王となられる御方。恐れ多い」

「またまた～。やめてくださいよー」

ニノマエはデレデレして頭をかいている。

「じゃ、気合い入れて、行ってきまーす」

褒められて伸びるタチらしく、ニノマエは意気揚々と出ていった。

――小僧が。ディアブロは不快そうに舌打ちした。その後ろには、先ほどの長身の青年が、本物のダビデ像のように微動だにせず立っていた。

3

事件現場　その①　公園

緑豊かな庭園のようなこの公園は、都心にあるとは思えないほどひっそりと静かだ。

「駅から自宅マンションに到る途中の公園……」

この辺りは、外国人居住者が多い。当麻は、ベンチの脇で殺害された被害者①の写真を見て、同じ様に転がってみた。

近くの住人なのか、ヘルパーらしき女性に車椅子を押されて散歩に来たと思しき老人が、いぶかしそうに当麻を見ている。

「…………」

当麻が考え込んでいると、ふいに野々村が歓喜の声を上げた。

「おっ‼　やはりっ」

目の前を、アフロに口ひげの具志堅《ぐしけん》ボクサーたちがシャドーボクシングしながら走っていく。

「スパーン!! やはりボクサー説濃厚!! ナリナリ」

「………」

当麻は、なおも考えていた。

事件現場　その②　高級デパートのトイレ

物欲がヴィレッジヴァンガードよりの当麻がデパートに足を踏み入れたのは、渡米前、玩具《がんぐ》売り場に海洋堂が限定販売した餃子《ギョーザ》ストラップを大人買いしにきて以来だろうか。

そういえば、戦国フィギュアを熱心に物色している坊主頭のオッサンがいて、かなりキモかった。

しかし、被害者②の女性御用達だったというこのデパートは、客層が見るからにセレブだ。

「いつも利用している高級デパートのトイレの中……」

被害者は、身体障害者用のトイレの中で倒れていた。

「………」

殺された被害者と同じポーズで考える。

その頃、野々村は同じフロアの売り場の奥にあるスポーツ用具コーナーにいた。

「スパーン‼　ボクサー説、決定フラグ。キタ――」

亀田《かめだ》三兄弟のポスターに高まっている老人を、店員がかわいそうなものを見る目で遠巻きに見ている。

「………」

当麻は、なおも考えていた。

事件現場　その③　ホテルの地下駐車場

当麻と野々村は、六本木《ろっぽんぎ》にある複合施設にやってきた。

「打ち合わせによく使うホテルの駐車場で殺された」

当麻は、地下駐車場の冷たいコンクリの地面に寝そべった。

「………」

珍しく野々村が黙り込んでいる。

「スパーンはないんすか」

「スパーン‼　ま、ボクサーもこのホテル使うこともあるかも……」

先ほどガーデン内で有閑マダムが散歩させていたボクサー犬を未練がましく見ていたが、

さすがにダジャレ落ちは思い止《とど》まったようだ。

「ま、元ボクサーかも知れませんしね」

武士の情けで、助け船を出してやる。

「そ。そ。スパーン、それが言いたかったんだよ」

と、ふいに駐車場に人影が現れた。服の上からでも盛り上がった上腕二頭筋がわかる、筋肉質の青年である。まさかまさか、本人登場？　野々村はビクッとして身構えたが、当麻は気にも止めず会話を続けている。

「そうなんすよね。ここで殺された男は5人目の被害者なんすよ。……てことは、命を狙われてるっつーことに、気づいてたわけっすよね」

筋肉青年は野々村の視線を一身に浴びつつ車に乗り、そのまま何事もなく去っていった。

犯人ではなかったのだ。野々村はホッと胸をなで下ろし、したり顔で言った。

「そう。それが言いたかったんだよ。怖い芝居をして、当麻君にその事を気づかせようと、私なりにね……」

「だったら、ボクサーらしき人影が登場した時に逃げようとしますよね」

「もちろんだよ。当然のことだ」

「と、すると、通常、追っかけて後ろから攻撃するってことです」

「そうだ。それもわかってますよ」

「しかーし、解剖時の所見によると正面から心臓を正確に握り、殺されています」

当麻はグイッと写真を突き出した。何度見ても、凄惨《せいさん》極まりない死に方である。

「こ……こう。ん、こう……」

野々村はイヤな顔をしながらも殺害状況を模索し始めた。が、体も頭も老化が甚だしく、写真と、立体と、自分の向きの概念がよくわからない。

「まあ、でも、気づかれないように近づき、振り向かせてから、殺したのかも。まさに暗殺拳《けん》」

そう結論づけると、当麻が同意するようにうなずいた。

「ボクサーとか、空手家とか、北斗神拳継承者とかの可能性は確かに高い。でも引っかかるんですよね」

「なんで」

「犯人は快楽殺人犯ですよ。その性《サガ》は止めようたって止められない。なんてったって5人も殺してるんすから。てかたぶんまだ何人も殺すけどさ……ククク」

「――――」

ラオウと当麻の悪人顔がかぶる。

「いいですか。格闘家なら、顔を殴ったり、足を蹴《け》ってみたり、秘孔を突いてみたり、他になんらかの怪我をさせたり痛めつけたりしてもおかしくないはずなんす。なのに、ひとつもない」

「ひとつも？」

「そう。ひとつもない」

当麻が開いた資料を見ると、なるほどどの被害者も心臓以外に外傷はない。

「まあ、圧倒的な彼我《ひが》の力の差があればそういう事しないかも知れないよ。素人相手にプロは手を出さないじゃないか」

「もちろん。でも相手が攻撃してくれば反射的に攻撃する。体にそういう風に染みついてますからね」

「当麻君、ハッキリ言ってくれんか。じゃ犯人はどういう人物なんだね」

「それがわかんないんすよね。命が狙われているのがわかっているのに、ひょいと近づかれ次々と、あっさり暗殺されている」

あらゆる可能性を考えてみたが、結局、ここで推理は行き詰まってしまう。

「――――」

野々村は難しい顔で、じっと当麻を見つめている。

「——なんすか」

「当麻君さ、僕たちは、いちおう刑事だからさ、とりあえず、可能性は当たっていこうよ。『ひっかかるんすよねー』だけじゃ、上への報告書に書けないじゃないか」

「う」

突然、短く声を上げて当麻が崩れ落ちた。

「ど、どうした。だ、大丈夫かね」

野々村が思わず駆け寄ると、当麻は青い顔をして息も絶え絶えに訴えた。

「ハラヘリヘリハラ。田原俊彦《たはらとしひこ》です。お腹へったー」

「——なんで、こんな部下ばっかりくるんだろ」

部下運が上昇する神社はないものだろうか。


「あれ、誰?」

物陰から様子を見ていたニノマエが、ディアブロから世話役としてつけられたダビデ青年を振り返った。

「当麻紗綾と、その上司です」

「当麻紗綾……」

繰り返してつぶやくと、胸の奥にざわめくものがある。

「知り合いですか？」

その質問が自分を試しているものだとは露知らず、ニノマエはぶっきらぼうに答えた。

「な、訳ないじゃん。てか説明してよ」

「京大を首席で卒業した後、FBIのX－FILESの研究に行き、つい最近日本に帰ってきました。警視庁の公安の中にスペックホルダーを取り締まる専門の部署ができたらしく、そのふたりだと思います」

当麻を語るその口調が若干誇らしげなことに、ニノマエはまったく気づかない。

「ふーん。あのふたりに、何が出来るのかね」

「当麻は優秀ですよ」

己のスペックに絶対的自信を持つニノマエは、その言葉にカチンときたらしい。

「けっ。凡人の中ではだろ。てか僕に意見するな」

「――――」

「なんだよ。何か不満なの？」

ふいに青年がニヤリと笑った。思い上がった小僧め。その天狗《てんぐ》鼻をぺしゃんこにしてやる面白いシナリオを思いついたぞ。

「ニノマエさん。本当にあの女に覚えがないんですか？」

言いながら、さりげなくニノマエの後ろに立つ。

「は？」

振り返る前に、二つのこぶしがニノマエのこめかみを挟んでグリグリした。

「変えーる。かえるの子はかえーる」

見開いたニノマエの目が一瞬、白目になり、真っ黒に塗り潰《つぶ》された脳裏に思い出が紙芝居のように再現されていく。


幼き日、父と母と3人で出かけた家族旅行。

飛行機の窓から眼下に見えるのは、ウーメラ砂漠だ。

楽しそうに談笑する、僕と両親。

そこに突然、あの女——当麻紗綾が現れた。

「てめえがニノマエか」

指名手配犯のような悪人顔だ。爆弾らしきものを手に持っているが、まさか本物ではあるまい。

「誰だ」

「ごめんね。死んでケロケロ」

当麻がニコと笑い、起爆スイッチを押した。

太ったふたりのスチュワーデスがホルンをプーと鳴らす。

空間が震動し、当麻たちが消えていく。

「!!」

飛行機のあちこちに仕掛けられた爆弾が同時に爆発し、ニノマエの目の前で父と母が吹っ飛んだ。

「待って!! 止まれ!! 止まれよ!!」

悲痛な自分の叫び声が、脳裏にこだまする――。

「……思い出したよ。あいつは僕の両親を殺した爆弾魔だ」

目を開けたニノマエは、すっかり顔つきが変わっている。

ククク。青年は笑いを噛《か》み殺しながら言った。

「そうですよ。彼女は京大でもＦＢＩでも爆弾や、その処理について研究もしてます。世界でも屈指の爆弾マニアです」

「――殺す」

「え」

ニノマエは本気だ。双眸が憎悪に燃えている。

(しまった。ニノマエにムカついたから、記憶を書き換えちゃったけど、やりすぎちゃった。ピンチ)

ダビデ青年はドキドキしながら、なんとか思い止《とど》まらせようとする。

「ニノマエさん。ちょっちょっと待ってください。とりあえず、殺すのは、あいつを利用するだけ利用してからにしませんか?」

「利用?」

「たぶん、当麻は、この心霊手術殺人事件の犯人に辿《たど》り着くと思うんですよ」

「――――」

ニノマエが視線を転じると、野々村が空腹で倒れかけている当麻をタクシーに乗せようとしている。

「だから、なに⁉」

次の瞬間、ニノマエがシュンと消えた。

「あっ」

青年は青ざめた。

走り出したタクシーの中では、当麻が大騒ぎしていた。

「死ぬー。うえぢぬー」

「そんな大ゲサな～」

運転手が心配そうに「どしたんすか」と当麻を振り返った。

「……食べ物を、……いっさい与えてもらえないんです……」

「そりゃひどい」

いったい何を言い出すのだ。野々村は慌てた。セクハラならまだしも虐待なんて。

「それはごかい、ミル貝、ひつじ飼いです」

「それはどう……」

運転手が言いかけた時、すべての動きが止まった。

静止する時間。

静止する世界。

ゆっくりとタクシーの扉が開く。

ニノマエが屈《かが》みこんで、後部座席に座っている当麻の顔をじっと見つめた。

……水族館かどこかで見たことがあるサカナ顔だ。

ポケットからナイフを取り出す。時代を少しさかのぼれば、親の仇討《かたきう》ちは許されたはずだ。まあ許されるかどうかはどうでもよい。この静止した時間の中では、自分はまぎれもなく王だ。法は自分自身だ。

「よくも僕の父さんと母さんを殺したな」

いざナイフを刺そうとした時、一瞬、当麻と目が合った気がしてニノマエは思わずその手を止めた。

「――――」

顔に汗が噴き出て、なぜかブレーキがかかったように体が動かない。

「お前には、父さんや母さんと同じように、死の恐怖を味わわせて殺してやる」

そうだ。楽に死なせるより、そのほうがいい。

ニノマエはシュンと消えて大量の瞬間接着剤を近くのスーパーから盗んでくると、カメラ目線で笑顔を作った。

「ニノマエジュウイチの3分間殺人講座。パチパチパチパチ～。まずは、ここにあります瞬間接着剤をハンドルと……」

運転席のドアを開けて、ハンドルにベチャーと塗り込む。

「そして踏み込んだアクセルペダルと……」

アクセルペダルが戻らないようにベチャーと塗り込む。

「で、ここ大事‼　当麻紗綾のシートベルトのこのパッチン部分をきっちりと固めて、これで完了」

後部座席のドアを閉め、再び運転席へ。

「運転手さんに罪はないので、降ろしておいてあげましょう」

いわゆる隠し味的な感じで、運転手を外に引きずり出す。

「重い……」

ハーハー息を切らしながら（意外とすごいスペックの割には作業は地味なのだ）、ニノマエは再度カメラ目線になった。

「さ、あとは、指をパッチン鳴らすだけ♥　レッツ、ラ、ゴン」

今度は躊躇《ちゅうちょ》なくパチンと指を鳴らす。同時に時が動きだし、運転手が後ろを振り返った。

「……ですかねって、……あれ、ワシなぜ道に？」

運転手がぽかんとしている間に、タクシーは猛スピードで走り去っていった。

「運転手が消えた⁉」

今度は、野々村がタクシーの中で大騒ぎだ。

「ついに狙ってきやがったか」

当麻には想定内である。急いでシートベルトを外そうとするが、どうしたわけかビクともしない。

「畜生‼」

他の車にガンガンぶつかりながら、タクシーが道路を暴走していく。

「サヤ〜‼」

青年は蒼白《そうはく》になってタクシーを追いかけていった。

ニノマエはきょとんとした。変な奴。名前は確か、散歩が好きそうな……地居たけお？

「なんだ、あいつ」

地居なんとかだ。ま、どうでもいいや。

どうでもよくないのは当麻のほうだ。暴走するタクシーは運よく車道のみをひた走っていく。このままでは、いつ他人を巻き添えにするかわからない。

当麻は銃を抜いた。

「ぶっ壊れろ」

運転席に乱射する。が、タクシーは止まらない。

「止まらないね」

野々村の顔からはすっかり血の気が引いている。

「遺言するなら、今のうちですよ」

「じゃ、お言葉に甘えて、雅《みやび》ちゃんに……」

車が徐々に路肩にそれていき、その前方にガソリンスタンドが見えた。

「急いでくだせえ。あそこにガソリンスタンドがあるから、突っ込んだら、おだぶつですから」

しかし、まだ望みはある。当麻は左手をぐいっと宙に突き出した。次の瞬間、その手を足元の床に近づけようとするが、シートベルトに阻まれて下に着くまで屈めない。

「届かねえ……」

命を守るためのシートベルトが、今は命取りだ。

「何やってんの？」

「畜生、誰か‼」

当麻は地に向かって叫んだ。

これから起こる惨劇を見物しようと、ニノマエはガソリンスタンドが見える道端に立っていた。

「死んじゃえ」

タクシーがガソリンスタンドに突っ込んでいく。ニノマエ的にはラッキーなことに（当麻的にはアンラッキーなことに）、給油機までの間に遮蔽物《しゃへいぶつ》は何もない。

「くっ」

当麻は唇を噛《か》んだ。叫びながら逃げ惑う通行人やガソリンスタンドの従業員が見える。

「初代雅ちゃん、2代目雅ちゃん、3代目雅ちゃん、4、5、6、7、8、9、10、11代目雅ちゃん、愛してるよー‼」

野々村がお経のように愛を叫ぶ。

その時だ。誰もいなくなったガソリンスタンドにどこからともなく太った黒人の女が現れ、タクシーに向かって立ちはだかると、まさかの早見優《はやみゆう》『夏色のナンシー』を歌って踊りだした。

クリスチャンルブタンの15センチヒールを鳴らし、ピチピチのタンクトップと赤いレザースカートからは超ダイナマイトバディがはちきれそうだ。少しだけ、オトナなんだ。

「恋かな～YES! 恋じゃなーいYES!」

ワオ花の82年組。イントロが終わった瞬間、電気系統の故障だろうか、ビチビチッとショート音がして車のエンジンが切れた。

タクシーはスピードを落としたものの、惰性で走り続けている。すかさず当麻が手を伸ばし、パーキングブレーキを引っぱった。

あと数秒遅ければ、大惨事になっていただろう。が、幸運にもタクシーは黒人女の目の前で完全に停車した。

「な、何事ですかー」

状況がまったく飲み込めない野々村はパニック状態である。

「お前は……」

車を回り込んできた女を見て当麻がつぶやく。

女は後部座席の窓越しに当麻をチラッと見やり、ドアを開けて、ポケットからアーミーナイフを取り出した。ギラリと刃が光る。

「ヒー」野々村じーさん半泣きである。

女はナイフを当麻に――ではなく、当麻の自由を奪っていたシートベルトの下に滑り込ませると、そのままサクッと切り離した。

〈このクソブタビッチがあんたらしくもない。油断したねえ〉

ダーティなブロークン・イングリッシュで言い、巨体を揺すってカラカラと笑う。

〈ハ～イ。ナンシー。なんてファッキンなごあいさつだい〉

当麻も負けじとダーティにやり返しながら車を下り、ふたりはヒシッと抱き合った。

なんと、当麻の知り合いだったのか。当麻が自分の3倍もありそうなナンシーと親しげにハグしあうのを野々村が驚いて見ていると、地居がハーハー息を切らしながら走ってきた。

「大丈夫かい。サヤ～」

当麻を抱きしめようとして、あっさりみぞおちに肘打《ひじう》ちを食らう。

「痛い。なんでー」

涙目でしゃがみ込む姿も、はなはだザンネンである。

「馴《な》れ馴れ馴れしい」

「心配して駆けつけたんだよー」

「ふーん、てか都合よくいたねえ」

当麻に痛いところを突かれてギクリとする。

「ふふ。僕はいつも君のそばにいる」

甘く決めゼリフを吐いたつもりだが、したつもりが、なにげにストーカー・カミングアウトだ。

「キモいから」

バッサリ切り捨てると、当麻はナンシーを連れてさっさと去っていく。

「――――はー。うー」

当麻に置いていかれた地居は、シッポを丸めてシュンとうずくまっている。

「おーい、ハウハウ♡」

当麻に置いていかれた野々村は、シッポを振って追いかけていった。

4

警視庁近くにある、『中部日本餃子《ギョーザ》のCBC』。

当麻とナンシーと野々村は、その小汚いカウンターに並んで座り、ガツガツ餃子を食べていた。親父はせっせとおかわりのニンニク増量中である。

〈これがうちのファッキンなボス〉

無言のまま30皿食べたところでようやく小腹が満たされ、当麻は英語でナンシーに野々村を紹介した。

「当麻のFBI時代の友人のナンシー大関《おおぜき》です」

消しゴムに似顔絵を彫られそうな名前であるが、ナンシーが流ちょうな日本語で自己紹介すると、野々村はうれしそうに破顔した。

「ナンシー大関さん。日本語しゃべれるんですね」

「ええ。こう見えても日系4世です」

「あ。なんかほっとしました。ほら、まだ僕らの世代だと外国の方にはなぜか緊張しちゃって……タハハ」

そしてカタカナ英語に弱い。2文節になるともういけない。さらに白人はみんなアメリカ人と言ってしまう、地図を持った外国人とは目を合わせない、などなど。

〈まあ、このファッキンなボスのことはいいからさ、食べてよ。豚みたいにブヒブヒ鼻を鳴らしながらさ〉

野々村には申し訳ないが、ナンシーとは英語のほうがしゃべりやすい。

〈あたしの、ビチグソスペックが役に立ってよかったよ。あんたと電気モノとしか会話できない、このぶっ壊れた脳みそが、タクシーのバッテリーやディストリビューターとガンガンに盛り上がっちゃってさ〉

つまり、ナンシーのスペックが車のあらゆる電気装置に働いてエンジンを止めてくれたのだ。

〈電子と会話できるスペックか。不思議なスペックがあるもんだよ。あんた雷さまじゃね？　高木《たかぎ》ブーに似てるし〉

仮にも命の恩人に対し、dis《ディス》るにもほどがある。

〈何言ってんだよ。人間のすべての感情、感性、動き、すべて電気信号だから。その延長

線上にあたしの能力はあるんだよ。ｄｉｓるんじゃなくて、リスペクトしなよ〉

いつもなら軽口をたたいてやり返す当麻が、ナンシーの言葉の奥に何かを感じ取ったのだろう、ふいにまじめな顔つきで言った。

〈で、何しに来たんだい。たまたま、日本に観光に来た訳じゃないだろ〉

〈あんたを救いに来たんだよ。あんたがニノマエって奴に狙われるって予知夢をケイトが見たからさ〉

〈ニノマエ？〉

初めて聞く名だ。

「ニノマエ？」

ようやく知っている単語が出てきて、野々村が会話に食いついた。

「係長、英語わかるんすか」

「そこ、日本語だと思うよ」とナンシーも日本語で言う。

「日本語？」

「一と書いてニノマエって名前があるんだ。ｉｎ Ｊａｐａｎ」

漢字ならまかせておけと言わんばかりに、野々村が胸を張った。

「んで、英語わかるんすか」

そこ、こだわる？　野々村はムクれつつ言った。

「まったくNOだ‼」

そこへ、常連客の色っぽいチリ人女性アラータが入ってきた。

「オジサン、コワイヨー。テンチョウサンアタシヲ守ッテ」

「アイヨー」

恋に落ちた親父が、たちまちハチクロ風ポエムの世界に入り込む。

その時、僕の心の中には餃子のようにジュージューと白い恋が音を立てていて……

十数年ぶりに胸の奥の奥の中にずっと待っていた何かを……

それが恋なのか愛なのか区別なんかつくはずもなく……

「実るはずのない恋に意味があるのかって。……でも、今ならわかる。僕は君を好きになって……」

いずれ店員として雇ったアラータに勧められて多額の保険に入り、ちょいちょい怪我を負うことになろうとは露知らず、ジュージュー餃子を焼け焦げさせている親父。当麻が指弾で飛ばした割り箸《ばし》が、その両鼻に突き刺さる。

「茹《ゆ》で5、焼き5、ニンニク増量。特急で」

「あいよ」

親父が正気に戻ったところで、ナンシーが再び英語で話し始めた。

〈ニノマエっていう少年が、石油系のメジャーが抱えているスペックホルダーの中で、頭《ヘッド》で張りつつあるって情報が入ってね〉

〈少年……。相当なスペックの持ち主ってことね。さっきの仕業もニノマエって奴の仕業なの?〉

〈間違いないね〉

〈なんのスペック?〉

〈信じたくないけど……時を止めるスペック〉

〈時を止める?〉

〈ええ〉

「ずるーい。無敵じゃん」

つい日本語が出てしまう。すかさず野々村が会話をキャッチ。

「何が無敵なの?」

誰が聞いているともしれないこんな場所で話せるわけがない。たとえば、後ろのテーブルでラーメンをすすっている黒いキャップをかぶった男。世の中には似た人間が3人いるというが、10人はいそうな顔なのがまた怪しい。

当麻の疑《うたぐ》るような視線を感じたのか、男は代金をテーブルに置くと、楊枝《ようじ》の代わりによっちゃんイカをくわえて店を出ていった。

＊

その頃、ニノマエと地居は渋谷のアニメイトにいた。

「だから、僕は上からの命令で彼女の味方を装ってるんですって。芝居ですよ。芝居」

先ほどの失敗をフォローしようと嘘の弁解をまくしたてている地居の横で、ニノマエは正しく萌《も》えている。

「おー。さすが、本店は品ぞろえが違うなあ」

けいおん！とからき☆すたとか。おっと秋山澪《あきやまみお》ちゃんの希少フィギュア発見。こっちは描き下ろし生原画って何それ萌える。

「話聞いてます？」

地居は少しムッとして言った。アキバのAKB48ショップにトレカを買いにいきたかったせいもある。ちなみに地居は、まゆゆ押しだ。

「僕が君の話を聞く必要はない。逆に君は僕の話を聞く義務がある。わかってるよね」

上からニノマエ。

「はい」

クソガキが。地居は歯をギリギリさせながら声を絞り出した。もっぺんグリグリして、熟女好きに書き換えてやろうか。

「ま、しかし、許せないのは、当麻を助けたあの豚だ」

ニノマエが目をぎらつかせた。地居はうろたえた。勝手をされては困る。

「それより、まず、心霊手術のスペックホルダーを……」

「お店の人、万引きですよー」

ニノマエが急に大声を上げた。あっという間に従業員が飛んできて、いつの間にか綾波《あやなみ》レイ制服コスをさせられている地居を羽交い締めにする。

「違います。違います」

長身のイケメンスペックホルダーなのに、ホントにザンネンな地居なのであった。

＊

中部日本餃子《ギョーザ》のCBCを出て野々村と別れた当麻とナンシーは、そこからほど近いファミレスにいた。

「で、シーザーサラダ、4皿。うーんと……」

外はすでに日が暮れ、入店してから1時間が経過したにもかかわらず、当麻は額に脂汗を浮かべながらメニューとにらめっこしている。

餃子、牛丼、カレーなど、常日頃単品主義を通しているので、同じ料理でさえ何種類もあるメニューを前にすると、あれこれ悩んでしまうのだ。

「以上48品でよろしいおすか」

京都弁のおねえウェイトレスがしびれを切らして言った。

「YES」

ナンシーが答え、おねえウェイトレスが呆《あき》れ顔で去っていく。

「あと、激甘、マロンパフェシシリーバイキング風、黒糖添え。ちょっと聞いてる？」

追加オーダーは届かなかったようだ。するとナンシーが立ち上がってダンスを踊り始めた。

「恋かな〜YES！」

「あー」

当麻は慌てて止めようとした。ただでさえ人目を引くダイナマイトバディなのに、そのダンスがまたグイグイと結構目立つのだ。

が、おかげでウェイトレスのハンディ端末がピピッと反応し、「激甘マロンパフェシシリーバイキング風黒糖添え」が無事、追加された。

〈注文しといたよ〉

ナンシーがニコッと笑って席に戻る。もちろん、ふたりの会話は英語だ。

〈そんな派手なアクションしてたら、狙われるよ〉

〈どうせ相手にはバレてんだ。今だって、どっかであたしたちはビチグソ共に監視されてるんだよ。ファックな話だぜ〉

〈――――〉

〈あんたを狙ったファックなガキのことも詳しくわかってる。知りたい？〉

〈ニノマエの事だね。どやって知ったの？〉

〈ネットの海から見つけた。あたしゃ、ネットでも携帯でも、電気の信号ならたいがい、

わかるからさ〉

〈便利なスペックだよねえ。つくづく。あたしの銀行口座に10億足しといてよ〉

〈バカ。こんなスペック怖いよ〉

ナンシーは真顔になって言い、続けた。

〈今、こうしてる間にも、スペックホルダーを巡る静かな戦争が起こってる。ハンパないよね。金持ちたちの取り引き。あたしたちは、石油か売春婦《ビッチ》かっつーの〉

〈人間の尊厳、バカにする奴はブッ殺す〉

当麻もマジな顔で答える。

〈最終的には素人はどんな金持ちでも、なんとかしようがあるよ。でも時を止めるスペック相手に、どうやって戦うね〉

当麻は爪楊枝を噛《か》みながら思案し、

〈なんとかするよ〉

と肩をすくめた。

〈今、襲ってくるかも知れない。ジャストナウ。それでも勝てる？〉

〈あたしは、こう見えても刑事じゃん。相手がいくら強くても、逃げる訳にいかない。てかさ、あたしたちの合い言葉、忘れてんじゃね。あんた〉

ナンシーがニヤリと笑い、

〈ふたりそろえば――〉

と、いたずらっぽい目で当麻を見る。

〈最凶!!〉

ふたりは口をそろえ、不敵に笑った。

そこへ、おねえのウェイトレスがサラダを運んできた。

「お待ち――」

「!!」

当麻はハッと身を固くした。サラダの上に、ちりめんじゃこで字が書いてある。

〝SURRENDER OR DEATH〟

おねえのウェイトレスはすでに消えていない。おそらく奴らの仲間だろう。

〈どしたん〉

ナンシーが首をかしげながら、サラダを凝視している当麻の顔をのぞき込んだ。

〈降伏か死か選べ〉

言いながら、当麻はサラダボウルをナンシーのほうへ押しやった。ナンシーの顔色が変わる。

〈――敵は近くにいる〉

ふたりは顔を見合わせた。が、むろん逃げ出すなんてことはしない。互いの肝っ玉の大きさなら、知り過ぎるほど知っている。

〈かかってこいよー。めっちゃ楽しみなんすけど〉

ふたりは同時に大声で周囲を挑発し、そしてまた不敵に笑った。

5

千鳥ヶ淵《ちどりがふち》はソメイヨシノが満開で、仕事帰りの人たちの目を楽しませている。

〈いい風だね〉

当麻は、ハラハラと飛んでくるピンク色の花びらを掌《てのひら》に載せて言った。

再会がうれしくて飲みすぎてしまったが、闇の中でも凜《りん》と美しく咲き誇る桜の花を、どうしてもナンシーに見せてやりたかった。

〈当麻。売春街で私を助けてくれてありがとう〉

ナンシーは急に改まって言うと、なんとも言えない目で当麻を見つめた。

ふたりの出会いは、今から1年前。サウスブロンクスで、ナンシーはヤバい組織の売春婦をしていた。

口に入れるものと言えば、アルコールで流し込むドラッグ。当時のナンシーは堕《お》ちるところまで堕ち、その掃き溜《だ》めから這《は》い上がる気力はとうになく、再び陽の当たる場所へ戻れるとも思っていなかった。

世の中には、デブ好きがごまんといる。あの日、元締めに命じられてとある倉庫に出向いたナンシーは、ドラッグを鼻で吸いながら、見知らぬ男に言われるまま裸になった。ビデオが回る中、男たちに鎖で拘束されたが、抵抗もしなかった。せいぜい変態ＳＭプレイくらいだろうと高をくくっていたのだ。

しかし、男にナイフで胸元を切られた瞬間、ナンシーは自分のミステイクに気づいた。

〈ギャー〉

大きな乳房の間を、真っ赤な血が滴り落ちていく。

〈叫べ。泣け。てめえみたいなビッチは、これから切り刻まれて処刑されるんだ〉

〈そんな事したら、組織が黙っちゃいないよ〉

〈お前は１万ドルで買われた。眼球も脳も、髪の毛１本に到るまで、俺たちが買ったんだよ〉

〈なんだって⁉〉

男たちはナンシーを取り囲むようにして、ニヤニヤと残忍そうに笑っている。

〈お前、組織の金をチョロまかしたらしいじゃねーか〉

〈チョロまかす？　どうやって〉

〈知らねえよ。組織の金が、お前の口座に流れてた。どうやったか知らねえが、俺たちが問うのは手口じゃねえ、結果だ〉

ナンシーは青ざめた。自分のスペックが暴走して、データを書き替えたんだ。

小さい頃から、強烈なコンプレックスの中で生きてきた。だからこそ、スペックを得ていい気になっていたこともあった。

しかし、結局その力のせいで、自分はこんな最低の場所にいる。

スペックはギャンブルと同じ、プラスよりマイナスのほうがはるかに多い。

〈だから、今からお前を解剖し、偉大な変態マニア諸君に、ビッチの内臓を披露する〉

〈――――〉

いつどこで野たれ死んでもいい。クソみたいな自分の命など惜しくないと思っていた。

なのに今、ナンシーは死の恐怖に震えている。

男が楽しげにナンシーの眼球にナイフを突きつけた。

ジ・エンド。ナンシーが思わず目を閉じた、その時だ。

男の後ろから、頭部めがけて赤いキャリーバッグが叩《たた》きこまれた。脳震盪《のうしんとう》を起こしたらしい男が、前のめりに倒れ込む。

銃撃戦が始まった。しかしナンシーの体の周囲には何かバリヤみたいなものが張り巡らされていて、なぜか母の胎内を想起させた。

銃声が止む。

――助かった？

ナンシーが呆然《ぼうぜん》として目を上げると、銃を構えた若い女が立っていた。

〈誰？〉

〈ＦＢＩの当麻です〉

なだれこんできた他の捜査官たちが、一味を逮捕して連行していく。

〈助けに来たよ〉

ニコッと笑った当麻が、ナンシーの目には、白い羽の天使に見えた。

〈――あん時、あんたが助けてくれなかったらあたし、どうなってたか〉

〈ＦＢＩの捜査官としての仕事だから、別に恩に着る必要ないよ。てか、今回助けてもらったから、チャラ〉

〈……あんたのスペックさ、いつか訊こうと思ってたけど、なんなの〉

〈あたし自身にはスペックはないよ〉

〈嘘〉

〈ホント。スペックのある人に助けてもらうだけ。そういう意味で言うと『人望』⁉ なんつって〉

当麻が冗談めかして言う。話したくなければ、無理に訊く必要はない。実のところ、ナンシーは当麻のスペックがなんであろうと構わないのだ。

〈ニノマエは、とにかくあんたを憎んでる。気をつけて〉

〈奴のスペックの仕組みとか弱点とかわかればいいんだけど〉

〈わからない。とにかく一瞬で相手を殺し、逃げていく。目撃者もいないし、対抗策もない。神か、化け物だね。ま、あたしは化け物だけど〉

ナンシーが自嘲《じちよう》気味に笑う。

〈なぜだか、最近、世界中にあたしみたいなモンスターが次々と生まれている。でもその事をすべての国が隠してる。あたしが感じる電子の海では、その情報が飛び交ってる〉

〈――――〉

〈そして、ニノマエみたいに、自分のスペックを乱用してこの世界の支配を目指そうとす

る奴も、これからいっぱい出てくるはず〉

〈そんなにいるかねぇ〉

当麻はのん気に首をかしげている。

〈当麻みたいな無欲でいい奴は珍しいんだよ。みんな、他の人間より優れた能力を持った瞬間、人が変わっちまう。異常犯罪者や快楽殺人者、あとあたしみたいなコンプレックスの中で生きてきた人間は、強欲《グリード》に歯止めが利かない。自分で自分が怖いもの〉

〈ナンシーは大丈夫だよ。だって、基本いい子だもん。歪《ゆが》みようがないよ〉

〈歪みまくりだよ。もともとビッチだしさ〉

〈もともとビッチじゃねえよ。人生の寄り道は誰にでもある。でも根は、世界で一番ピュアーな女の子だよ〉

〈お世辞はやめてよ〉

当麻が思ってもいないことを口にする人間でない事はわかっているが、照れくさくて、言わずにはいられない。

〈なんで親友にお世辞言う必要があんのさ〉

〈親友？〉

〈親友だよ。文句ある⁉〉

元売春婦と刑事の友情なんて聞いたことがない。

〈うーん。文句あるっちゃあるけど、何言っていいかわかんない〉

憎まれ口をたたくナンシーのうれしそうな顔を、当麻は深く深く胸に刻みつけた。

〈文句を思いついたら電話ちょうだい。んじゃ、そろそろ行くわ〉

〈バーイ。何かあったら、あたしを呼びな。一生助けてやっからさ。つか、一生恩返し……だね〉

ナンシーは地下鉄の駅へ、当麻は警視庁へと歩いていく。

いつものように、ふたりは一度もお互いを振り返らなかった。

それが、最後の別れだという予感がしていても。

＊

「あの黒人女うっとうしそうだな」

遠くからふたりを監視していたニノマエが、吐き捨てるように言った。

「関係ないでしょ。さ、ほっといて、ディアブロさんのミッションを片付けましょう」

あのあと、万引き疑惑を受けた地居が解放されるまで、そう時間はかからなかった。従業員の記憶をちょろっと書き換えるだけでよかったからだ。

「てかさ、僕がこのままバックレちゃってディアブロが殺されちゃったら、どうなんのかな」

恐ろしい事を軽く言い放つ。地居はゾーッとした。

「それはヤバイっす。ニノマエさん」

「しばらく、ほっとこうよ。一度くらい殺されかけたほうが、ギャラも上がるだろ」

バブル時代に土地を転がしまくった悪徳不動産屋の親父もかくやのあざとさだ。

「それよりさ、あの黒人女に借りを返さなきゃ」

ニノマエがニコリと笑う。

「えー」

ったく、思いどおりにならないガキだ。内心で毒づく地居の携帯の中——ＩＣ回路やＧＰＳの機能が、ピピッと電子レベルで反応していた。

＊

ナンシーは、ひとり夜道を歩いていた。

タバコをくわえた時、地居の携帯の電子がナンシーの脳と呼応して、ニノマエと地居のやり取りが頭の中にダイレクトに伝わってきた。

『てかさ、僕がこのままバックレちゃってディアブロが殺されちゃったら、どうなんのかな』

「ディアブロ」

ライターの代わりにメモを出して書きつける。

『それはヤバイっす。ニノマエさん』

「ニノマエ」

これもメモする。

『それよりさ、あの黒人女に借りを返さなきゃ』

「――フン」

ナンシーは鼻を鳴らし、タバコに火をつけると、大きく煙を吸い込んだ。

*

未詳に戻った当麻は、IQ201の頭脳を超高速回転させながら、心霊手術連続殺人事件の資料を調べていた。

「んー。なんか、見えてきてる気がするんだけどなー」

ハチミツのボトルに直接口をつけ、ゴクゴク、プハーと飲み干す。

「んー。いくら糖分とっても、いまいち頭が働かん。そだ。こういう時は……」

なんでも出てくる赤いキャリーバッグの中から習字セットを取り出し、畳コーナーに移動して準備する。

「日本人は書いて整理する」

自宅で書道教室を開いている祖母、葉子の受け売りだ。

墨をすり、半紙を置いて、筆にペチャペチャ墨をつけ、大きく振りかぶってしばし精神統一し、カッと目を見開いてサラサラと筆を走らせる。


『心霊手術』


『どうやって近づいたか』

『必ず接近戦』

『地下駐車場』

『トイレ』

「うーん」

書き散らした書を見つめながら、当麻はうなった。

「わからん」

筆を投げつけ、やけになって半紙をビリビリと両手で破る。

「ちくそー」

細かくちぎったその半紙を、でやーと上に向かってまき散らす。

まるで桜吹雪のように、紙片が当麻に降りかかってくる。

すると、その白と黒の模様が量子力学理論上の電子のように重なり、やがて波動関数上の解を導きだすように——。

あ、閃《ひら》めいちゃった。

「え？　マジ⁉　こんなことあんのー。ラッキーいただきました〜♥」

するりと口をついて出た言葉に戸惑いながら、当麻は自分のデスクに戻り、パソコンに向かった。カタカタと凄《すご》い速さでキーボードを打つ。

すぐに当時の監視モニターの記録が画面に出てきた。ハッキングは当麻の得意とするところだ。ちなみに、一度スクロールした情報は、すべて脳に記憶されている。

当麻はそこに、ある意外なものを見つけた。

「まさかね……」

＊

世界中のどこだろうと、歓楽街の空気は似たりよったりだ。ナンシーにとって、その喧《けん》騒《そう》と猥雑《わいざつ》さは子守唄《うた》のように落ち着くものだった。

しかし、終電がとっくに終わった真夜中の渋谷《しぶや》センター街は閑散として、酔客の残していったケンカや愚痴やため息でゴミゴミとしていた。

小腹のすいたナンシーは人気のない通りをぶらぶらしながら、ホットドッグとコーヒーをパクついていた。

「辛《カラ》っ。てか超辛《チョウカラ》」

見ると、ソーセージが見えないほど、マスタードだらけになっている。

「びっくりした？　てか、それだけニブそうな肉体してても辛いってわかるんだ。ククク。

ウケる」

少年の声がする。すぐにピンときた。

「わかるよ。てか、辛いほうがあたしは好きなんだけどね」

挑発するように残りのホットドッグをひと口で食べ、声のしたほうへ目線をやる。あの会話を聞いて、わざわざ夜の街をうろつき、おびきよせてやったのだ。

そんなナンシーの思惑を知っているのかどうか、ニノマエがマスタードのボトルを手に持ち、余裕たっぷりの表情で立っている。

「ふーん」

ナンシーを小馬鹿にするように、ニノマエはニヤリとした。

「お前がニノマエ？　まだ子供じゃないか」

「だからってナメてかかると、怖いよ。てか殺すけど」

「やれるものならやってごらん」

そう言うと、ナンシーは歌を口ずさんで踊り始めた。

「恋かな〜YES！　恋じゃなーいYES！」

監視カメラ、警報器、通信機器がヤングメイツのように踊りながら反応する。

近くにあった大型家電量販店の明かりがつき、シャッターが開いた。売り場のあらゆるデジカメやパソコンのカメラがニノマエのほうを向き、フラッシュと照明が煌々《こうこう》とその姿を照らしだしている。

パソコン売り場では、一台のキーボードが自動的に文字を打ち始めた。

「!!」

当麻はデスクに身を乗り出した。

落としてあったパソコンが勝手に立ち上がったのだ。間髪容《い》れず、ディスプレーに英語の文章が浮かび上がる。

『ニノマエを見つけた。戦いを記録する。

私のできることはこれだけ。

あとはまかせたよん。　　　ナンシー』

当麻が声を失っていると、渋谷の監視カメラやデジカメの映像が、いくつもいくつも画面に浮かび上がった。

『141台の映像データを同時にRECしています』

パソコンが親切にその数を教えてくれる。

「……ニノマエ。ナンシー!!」

当麻の声が聞こえたかのように、ナンシーがモニターごしに当麻を見た。

かすかに笑みをたたえたような、優しい目。

次の瞬間、ナンシーの巨体から放射線状に血流が噴き出した。

「ナンシー――――!!」


酔っ払いの吐しゃ物で汚れた通りに、どうっとナンシーの巨体が頽《くずお》れた。

暗くなっていくまぶたの裏に、あの日、倉庫に現れた天使の笑顔が浮かぶ。

〈……あとはまかせたよ。当麻《マイディアレスト》〉

虫の息でつぶやくと、ナンシーはこと切れた。

円山町《まるやまちょう》方面から下りてきたらしいカップルがナンシーを見て叫び声を上げ、すぐに警官が駆けつけてきた。

「どうしました？」

「突然、この女性が全身から血を噴いて倒れて」

が、死体があるべき場所には、血だまりしかない。

「あれ……死体が消えた？」

「ホントだ。てか、なぜ？」

警官も首をかしげる。カップルは犯人らしき人間も見ていないようだ。

渋谷センター街近くの道で、当麻は急いでタクシーを降りた。

生きていて。

ナンシー、どうか生きていて。

一心に祈りながら走り出そうとした時、時間が静止した。

ニノマエだ。

当麻の足元に布団でくるんだ血まみれのナンシーを転がすと、ニノマエはその死体にドボドボとマスタードをかけ始めた。

「ホットドッグだよ」

マスタードと血糊《ちのり》でグチャグチャになった女の死体は、まさにそういう感じ。サイコーだ。ニノマエは自分のアイデアに満足して、ククくと笑った。

ニノマエはきびすを返して歩きだし、パチンと指を鳴らすと同時に、シュンと姿を消した。


時が動きだす。


その瞬間、布団に足をとられ、前のめりに倒れた当麻の目に、ハイヒールの赤い靴底が飛び込んできた。

ルブタンのピガール。

安っぽい服を着ていても、靴だけはルブタンを履き続けていたナンシー。

あんな細いヒールでよく重い体を支えられるものだと当麻が感心すると、ナンシーは言った。

芯《しん》のしっかりしたヒールは、折れたり転んだりしないのさ。

だから、ナンシーはいつだってピンと背筋を伸ばして歩いていた。

当麻は泣き叫びながら、布団にくるまれたナンシーの骸《むくろ》にすがりついた。

『ホットドッグ。ぜひ食べてね♥【TAKE　FREE】』

ふざけたカードが置いてある。怒りで目から血が噴き出し、目の前が真っ赤になった。

「ナンシー‼　ナンシー‼」

物言わぬナンシーの遺体を抱きしめ、当麻は名前を呼び続けた。

6

ナンシーの遺体は、司法解剖に処された。

「不思議なことに……一瞬にして、8ヶ所を鋭利な刃物で刺されています」

遺体安置室で検屍官《けんし》の説明を受ける。が、興味がないのか、当麻は野々村を残して、先に部屋を出ていった。

未詳に戻った当麻は、パソコンのデータを解析し始めた。

――ニノマエってガキがあんたを狙ってる
ナンシーは、日本に帰った当麻のことを気にかけてくれていたに違いない。

――あたしたちは、石油か売春婦《ビッチ》かっつーの
人間扱いされないことは、命を取られるのと同じだ。ナンシーはそのことを知り尽くしていた。

――何かあったら、あたしを呼びな。一生助けてやっからさ。つか、一生恩返し……だ

ね
バカなナンシー。お人よしのナンシー。

「ナンシーは、あたしを助けるためにわざわざ、日本に来てくれたんだね。なのに、あたしはあなたのために何もしてやれなかった」

当麻はパソコンの前で力なくうなだれた。ナンシーの笑顔が思い浮かび、目に涙がにじむ。

今はまだ怒りよりも悲しみのほうが大きくて、なんだか体の中が空っぽになってしまったみたいだ。

そこへ、野々村がビニール袋を提げて入ってきた。

「当麻君、お腹へったろ。食べる？ 叙々苑《じょじょえん》の焼肉弁当」

芸能人にも大人気の弁当である。野々村がニコニコしながら袋を掲げてみせると、当麻の目つきがガラリと変わった。

「エンジョジョのクーニーキーヤートーベンですか？」

「それ、何語？」

野々村は首をかしげた。中東あたりの言葉だろうか。まったく外国語は厄介である。

「この緑色した茎ワカメがなにげにポイントなんすよね。しかも、このちょい足しダレがごはんに滲《し》みてちょべりぐ」

当麻は焼肉弁当をガツガツ貪《むさぼ》り食っている。胃袋も空っぽだったようだ。

「ちょべりぐって当麻君。それ死語」

常に若いギャルの愛人がいるので、そのへんはちょっとうるさい。

「ギャルは死語を使ってオサレ感ナンボですよ。ナンボ」

「えー。ルイズー」

チャンネーをギロッポンでパーナンするとかザギンでシースーとか、当麻に教えてもらった〝業界〟用語を勇んで使ってみる野々村。

「パーナンとルイズーは言わねっから」

「はう」ちょっとハードルが高かった。

つかの間でも事件と無関係の話で気がまぎれたせいか、当麻も少し元気が戻ってきたようだ。

「それ食べ終わったら、ナンシーが殺された現場にも一度行ってみよう」

「…………」

瞬間つらい顔に戻った当麻を見て、野々村は胸が痛んだ。強がっててもまだ若い女の子であることには変わりない。しかもその昔、両親と弟をなくしている。そして今、唯一無二の親友を殺されたのだ。

しかし、たとえ殺されたのが親だろうと恋人だろうと親友だろうと、自分たちは刑事である。

「ホラ、現場百遍って言うだろ。現場は被害者が残した思いと共に犯人逮捕に結びつく黒い糸が残ってるって言われてる」

「黒い糸？」

「そ。恋愛の縁は赤い糸。憎悪の縁は黒い糸。それを辿《たど》っていけば運命の人、つまりこの場合は……『打倒ニノマエ』のヒントが隠されているはず!!」

「――――」

「それ食べ終わったら行こう。ナンシーが待ってるよ」

当麻は食べかけの弁当を置いてキャリーバッグを持つと、黙って出口のほうへ歩きだした。

「全部食べちゃってからでもいいのに」

当麻がそんな気分でないことなど、野々村は百も承知だ。が、どんなにチャランポランに見えても、今まで野々村の部下だった者たちは全員、一本筋が通っていた。

もちろん、当麻も例外ではない。

そしてそれが垣間見られる瞬間が、野々村にとっては至福の瞬間なのだ。

＊

渋谷センター街は、何事もなかったように若者たちの喧騒《けんそう》に溢《あふ》れていた。いつからこの国は、こんなにも人の命が軽くなってしまったのだろう。

現場に到着すると、当麻は付近にいたチャラ男たちの間に分け入り、規制用のロープを張った。

「どけよ。どかねーと射殺すっぞ」

「…………」

銃を抜いた当麻を見て、ヤンキー少年たちがビビッて足早に立ち去っていく。

当麻の脳裏に、無惨に殺されたナンシーの姿が浮かんだ。手を合わせて瞑目《めいもく》する当麻を、野々村がそっと見ている。気持ちを切り替える時間は必要だ。

実況見分はすでに一度終わっているが、ルミノール反応用の薬液をかけてライトを当てると、夥《おびただ》しい血の痕《あと》が浮かび上がった。

当麻はふと、その中に何かを見つけた。

死体が引きずられた痕だ。さらにルミノール反応液をかける。ライトを当てながら辿っていくと、ラブホ帰りのカップルが、死体が消えたと証言した場所に着いた。

「……引きずって運んだってことか」

「まあ、見るからに重そうだったからね。いや。失礼」

「…………」

その場所から、先ほどの現場までずっと続いている靴の痕跡《こんせき》がある。

「これが、ニノマエの靴の痕か」

それほど大きくはない。せいぜい25・5センチというところか。

「鑑識を呼ぼう」

野々村が携帯を取り出した。

「いりませんよ。靴の痕なんて今さらとらなくても、犯人はわかってんです」

「ま、でも一応……」

「いらねっつってんだろ」

「はいっ」

野々村は不動の姿勢をとった。

「？」

「――ニノマエジュウイチ……」

時を止めるスペックホルダー。いったいどんな奴なのか。虫ケラのように人を殺し、あまつさえその行為を楽しんでいるかのようだ。

当麻はギリッと歯ぎしりした。

「ぶっ殺す」

＊

仕事をしているディアブロのところへ、部下が駆け込んできた。

「BOSS!!」

「どした？」

「またメンバーがやられました。同じ手口です」

写真を見ると、心臓が握り潰《つぶ》されている。

「ニノマエは何をやってる」

次は自分の番かもしれない。ディアブロは焦りと恐怖で苛立《いらだ》った。

「連絡がとれません」

「なんだと……」

「バックレたか」

「監視でつけた、あのデクの坊はどした」

「つけてます」

「……お前、そのデクの坊にも連絡はとったんだろうな」

「あ……」

タン！　ディアブロは一瞬の迷いもなくその部下を撃ち殺した。

「ドアホ」

ＤＱＮ部下はお荷物になるだけだ。ディアブロは受話器を取り上げた。

＊

ゲームセンターのクレーンゲームでフィギュアを一生懸命吊《つ》ろうとしてる姿は、どこにでもいるヲタ少年といった風情だが、いったんスイッチの入ったニノマエは、まるでサタンの生まれ変わりだ。

「もしもし」

ニノマエに見つからないよう、地居はコソコソとディアブロからの電話を受けた。だってマジで怖い。デカい図体《ずうたい》のわりに、肝は小さめなのだ。

「また、うちのメンバーが心霊手術野郎に殺されたぞ。何やってんだ」

「えぇーと、一生懸命、捜してます。が、手掛りがなくて」

「簡単だとか言ってたじゃねーか。ニノマエは」

「そうっすよねー」

「ニノマエは、今、何やってんだ」

「今っすか……」

チラッとニノマエのほうを見ると、まさに今、アームが「けいおん！」プレミアムフィギュアを穴に落とそうとしているところだ。

「ナ――ウ!!　ジャストベリベリナウ!!」

「今は……ちょっと、リフレッシュ中っつーか……」

その時、横から手が伸びてきて、地居のｉＰｈｏｎｅをもぎとった。

「なんだよ。いちいちうっせーな。僕はお前らの部下じゃねえし」

ニノマエは、しっかり平沢唯《ひらさわゆい》フィギュアをゲットしている。

「てか命令するんなら、やめてもいいんだよ。あんなハシタ金、今すぐ、のしつけて、このデクの坊に持っていかせるよ」

「いやいや、落ち着いて。ね。落ち着こう」

「僕はまず、両親の敵《かたき》をとる。仕事はそれからだ。あと、ギャラは1億円ね。あと、新しい家はいつくれるの？」

足元見やがって。ディアブロは頭に血が上ったが、今、ニノマエの機嫌を損ねるわけにはいかない。

「金も家も今すぐ用意するよ。美人のお母さんも用意しとく」

「いい態度だ。てめえの立場をもちょっと考えろ」

言い捨てて、地居にポイとｉＰｈｏｎｅを放り投げる。

地居が再びｉＰｈｏｎｅを耳に当てると、苦りきったディアブロの声が聞こえてきた。

「早く書き換えろ。奴をこれ以上増長させるな」

「はい。すみません」

でも、ヘタレの地居はニノマエがやっぱりちょっと怖いのだ。ディアブロとどっちが怖いかと問われれば、やっぱディアブロなのだけど……。

＊

空港を飛び立ったジェット機が、轟音《ごうおん》を立てて夜空に消えていく。

「古っ」

ニノマエは思わず言った。用意された家は木造一戸建てで、すでに「一《ニノマエ》」と表札がかかっている。そしてなぜか、蒲田《かまた》――。

「やめますか？」

地居が心配そうに尋ねた。

「いや、いいよ。なんか、懐かしい感じがする」

予想を激しく裏切られると、人はあんがいその状況をすんなり受け入れるものらしい。

「中には母親役がいます」

地居はニノマエを残し、玄関脇の陰に隠れて様子を見ることにした。

ニノマエが玄関のドアを開けると、エプロンをつけた優しそうな中年女性がパタパタと奥から出てきた。一二三《ニノマエフミ》である。

「あ、どうも」

「どうもじゃないでしょ。ジュウイチ、遅かったじゃない。またゲームセンター行ってたんじゃないでしょうね」

言いながら、ニノマエが小脇に抱えたフィギュアの箱に目を留めて顔をしかめた。

「あ、やっぱり」

「ごめんなさい」

「とにかく、手洗って。ごはんよ」

母親らしく世話を焼き、またパタパタと奥に入っていく。

「――」

三和土《たたき》に立っているニノマエに、地居が外からこっそり声をかけた。

「ある程度、記憶はセッティングしてあります」

「そもそも、どういう由来の人なの」

いつになく真面目である。地居は、iPhoneの画面をニノマエの前に差し出した。

「この写真の人、わかりますか？」

「心霊手術事件の被害者……」

答えてから、ニノマエはハッと気づいた。

「まさか……」

「ええ。この男の奥さんです」

うなずいて、地居は説明した。

「仲のいい夫婦でね。後追い自殺しようとしたので、記憶を消したんです。かわいそうですからね」

「……事件になると厄介だからだろ。クソ共が」

「まあ、組織としては厄介っつーことなんでしょうけど、僕は、彼女を救いたかった。それは本当です」

口ではなんとでも言える。ニノマエは探るように地居の目を見つめたが、その目に嘘はみつからなかった。

「ただ、僕の能力は、完全じゃないんです。とくに独り暮らしにしておくと、何かのきっかけで昔の記憶が蘇《よみがえ》ってくる時がある。僕のような下っ端スペックホルダーが言うのはなんですが、ニノマエさんがこの家にいてくれると、彼女は救われる気がするんです」

地居がiPhoneの画面を左右にフリックすると画像が切り替わり、先ほどの中年女性と夫の写真が出てきた。幸せそうな笑顔で夫に寄りそっている。

「——彼女は、自分の夫が、なんの仕事をしてたか知っていたの？」

「いえ。何も知らなかったと思います」

ニノマエは家の奥をのぞいてみた。台所に、母親役のフミの背中が見える。手におたまを持って、みそ汁をよそっているようだ。

ふいに昔の家の思い出が脳裏をかすめ、ぼんやりとだが、フミの背中が実母の背中と重なった。

「ジュウイチ。何やってんの」

母親が息子を呼ぶ、なんの疑いもないフミの声。

「はいはい。今、行くよ」

「ハイは1回!!」

「はい！」

ニノマエは靴を脱いで家に入っていった。

「今日はあんたが餃子《ギョーザ》にしろっていうから餃子にしたのに」

テーブルの上の大皿に、大量の餃子が湯気を立てていた。

「お、うまそ」

ひとつつまもうとして伸ばした手をパチンと叩《たた》かれる。

「こら」

かりそめの親子に笑みがこぼれた。

――女にとっての復活は、あらゆる破滅からの救いと更生は、愛の中にある。さすがドストエフスキーだ。外から家の中の様子をうかがっていた地居は、ふたりの明るい笑い声を聞いて、優しく微笑んだ。

7

今まで一度もちゃんとした宝石店に足を踏み入れたことのなかった地居は、ダイヤの指輪の脇に提示された金額を見てギョッとした。

少なくとも、予備校講師のバイト風情に買える値段じゃない。

「彼女にプレゼントですか？」

さりげなく女性店員が近づいてきた。

「はい」

「こちらは53万円になりますね」

さすが銀座《ぎんざ》の宝石店だけあって、学生に毛の生えたような格好の地居にも、店員は丁寧に対応してくれる。

「ちょっと見せてください」

平静を装っているが、実は口から心臓が飛び出しそうだ。ガラスケースの中から指輪を取り出そうと屈《かが》んだ店員のこめかみを素早くグリグリする。人目があるので、かなり雑になってしまった。

「……あの、これ、お客様のものですよね」

やはりスペックが完全でなかったらしく、女性店員は多少違和感を覚えているようだ。

「はい。支払いさっき、したじゃないですか。箱に入れて包んでください」

「失礼しました」

店員が指輪を持って奥に引っ込んでいく。

どっきんどっきん。地居は全身汗だくである。

＊

恋は盲目。とは、よく言ったもの。

当麻の部屋にそーっと忍び込んだ地居は、ぐーぐーイビキをかいてヨダレを垂らしているマイハニーの寝顔をひとしきり眺め、デレッとした。

いつの間に、こんなに本気《マジ》になってしまったのか。腕に抱え込んでいる湯川秀樹《ゆかわひでき》の抱き枕も、パジャマ代わりに着ている京大理のダサいジャージすら愛《いと》おしい。

ああ、僕のさやや。寝ている間にツインテールにしてみたりしたら、やっぱり怒るだろうか。でもさややに怒られるの、実は嫌いじゃない。

地居は机の引き出しに大学時代の嘘っぱちデート写真を入れると、当麻の頭をグリグリしながら大声で叫んだ。

「心から大好きだ～～!! 愛してる～～!! 僕のスペックよ、君に届け～～変えーる。かえるの子はかえーる」

全力気合いで地居の手が光る。当麻の脳に、ねつ造されたふたりの歴史が次々と書き込まれていく。

大学のキャンパスでの出会い。

ふたりで過ごした研究室。

地居の天才的頭脳に対する尊敬の念。

アメフト部のスターの地居。

そして、ナンシーの記憶が消えていく……。

当麻の目がふいに開いた。

「!!」

「寝てたのかい」

枕元で、地居がうれしそうに微笑んでいる。

「どして、ここにいるの？」

「ひどいな。今日は俺たちがつきあい始めて4年目の記念日だろ」

「だっけ」

「レストラン予約してたのに、電話も出てくれないし」

「ごめーん」

目が心なしか♥型になっている。こんなラブい当麻は見たことがない。

「さ、出かけよう」

「15分待って。着替えてくる」

布団から出て、いそいそと着替えにいく。

「おーまいごっど♥」

地居はすでに昇天気味だ。

「ジャーン」

当麻が戻ってきた。いつもとまったく違うガーリーなピンク系のデート服で、髪もメイクも、ネイルまでばっちりだ。

「どう?」

「ファンタスティック〜〜♥」

君のためなら死ねる。

＊

万華鏡のように色を変える観覧車は、いくら見ていても見飽きない。

レストランで食事を終え、ゲームセンターで遊んだあと、ふたりは夜のお台場《だいば》にやってきた。

ちょっと寒いけれど、恋人たちが寄り添って散歩するには、いい気候だ。

と、ふいに地居が立ち止まり、おもむろに当麻の左手を取ると、その薬指にダイヤの指輪をはめた。ちなみに地居は左ききだ。

「何これ」

「広い意味で、プロポーズ」

地居がニッと笑う。

「何それ」

当麻は可愛く口をとがらせた。夜のお台場でプロポーズなんて、ベタすぎただろうか。

「本気だけど」

「は？　何それ」

ますますムクれて、背の高い地居を見上げるように軽くにらみつける。

どうやら、プロポーズの言葉がお気に召さないらしい。

「ループ量子重力理論で、本気でノーベル賞とるから結婚してください」

地居がまっすぐ当麻を見つめて言うと、なぜか当麻はくるりと背を向けて向こうへ走っていった。

「？」

いったい何をする気だろうか。地居が戸惑っていると、当麻は数メートル行ったところで立ち止まり、また出し抜けに駆け戻ってきて、地居の背中にバッと飛び乗った。

「ジョワ」

メチャ可愛いんすけど。

「♥」

そのまま当麻をおぶって歩きだす。

「重い？」

当麻が甘い声で言う。

「指輪の分だけ」

「ウフフ」

地居の首にぎゅっとしがみついて、幸せそうに笑う当麻。

「当麻紗綾～～!!　好きだ～～!!」

人目もはばからずに叫ぶ。バカップルと言われようが構うものか。

地居は己のスペックに心から感謝した。

＊

「おざーす」

翌朝、未詳に出勤した当麻は、野々村の目にもどこかが違って見えた。

「お、機嫌いいね」

「別に～」

そう言いながら、左手の指輪をキラキラ見せつける。女子モード、ケイゾク中だ。

「え？　結婚すんの？」

「んー、どーかなー」

満更でもなさそうな顔でパソコンのスイッチを入れる。その瞬間、バチバチと電気が体を走り抜けた。

「!!」

パソコンに画像が次々と浮かび上がる。しかしその画像がなんなのか、今の当麻は理解できない。

「……これ、誰ですか？」

当麻は、太った黒人の女性を指差した。

「君の友人のナンシーだよ」

「ナンシー？」

「え？　覚えてないの」

野々村に渡された資料を見ると、名前はナンシー大関。日系4世のアメリカ人とある。

「この子ですか」

しかも、数日前に渋谷で殺されている。

「君のＦＢＩ時代の友人」

「……………」

なぜか胸の奥がざわついてしようがない。

「大丈夫？」

「スペックホルダーに記憶を盗まれたんですかね」

「まさかとは思うが、ありおりはべりいまそかりだね」

パソコンに送られてきたデータから何かわかるかもしれない。当麻はデスクに座って、大量の画像を再生し始めた。

信じられない光景を目にしたのは、10分も経った頃だろうか。

黒ずくめの少年と話している最中、ナンシーが突然、血を噴き出して倒れた。その次の瞬間には、ふたりとも魔法のように消えてしまったのだ。

「消えた⁉」

別のカメラの映像に、布団にくるまれてホットドッグにされているナンシーが写る。

「カットインだ」

「ああ。実に不思議な事件だ」

「この少年が、この女性を殺したんですかね」

「たぶんね。ところでこのデータは誰が送ってくれたの？」

「ニノマエが、自分のスペックを誇示するために送ってきたのか……」

「わかりません」

「ニノマエ……」

「この少年のことだよ。ニノマエジュウイチ」

と、野々村が画面を人差し指でトントンする。とても人殺しには見えない、猫でも抱いているのが似合いそうな、優しい顔立ちをした少年だ。

「……思い出せそうで、思い出せません」

小骨がずっとのどの奥に引っかかっているみたいにもどかしい。

「……仕方ないね。ま、本来の事件のほうに戻ろうか」

「心霊手術殺人事件のことですか」

「そう。それは覚えてるんだ」

野々村がへーと妙に感心している。

「それなら犯人はわかってるんです」

「え〜」

「このビデオをポチっとな」

当麻は、パソコンに取り込んでおいた映像を野々村に見せた。でなければ、とても信じてはもらえないだろう。

「――――」

野々村が無言で眉間《みけん》にしわを寄せた。当麻も、まさかと思ったものだ。

立ち込めた重い空気を押しのけるように、野々村が言った。

「彼女の名前はわかっているのかね」

「はい。上野《うえの》真帆《まほ》、13歳。ちなみに両親と幼い弟は、買い物の途中で、交通事故死……」

当麻は写真を取り出した。炎上している車と、炭化した3人の死体。さらに、車の窓から放り出されたために下半身が麻痺《まひ》した上野真帆のカルテも添付した。

「彼女の父親、上野彰彦《あきひこ》は石油系大メジャー、ジャズフェラー一族の何かを調べていた内閣情報調査室、CIROの一員ですね。もちろん偽名ですが……」

「ジャズフェラーといえばビルダーバーグ会議の中枢をなす企業だね」

「ビルダーバーグ会議なんてまだ表向きの組織ですよ。サブコードはもっと根深いです」

「サブコード？」

それには答えず、当麻は話を戻した。

「どうしますか？　この女の子の戦いは。あたしは断固支持ですけどね」

「罪を憎んで、人を憎まず。しかし、私情を挟んで罪まで見逃す訳にはいかん」

「でも、スペックホルダーの犯罪は、現状の法システムでは立証しきれませんよ。どう起訴に持ち込むつもりですか？」

「何言ってるんだい。公安にはいくらだって手口はある。それに……」

野々村はいったん言葉を切って、当麻のパソコンの画面に映っている、車椅子の少女に目をやった。

「このまま、この娘《こ》を放っておくと、どんな危険な目に遭うかわからない。だったら、我々警察の手で保護…… いや逮捕すべきじゃないかね」

「保護って言わはりましたね」

当麻がニヤリとする。

「言い間違いだよ。あくまでね」

野々村もニコリとした。

＊

「年間予算を超えちゃったな。タクシー代」

野々村はため息をついた。ここまでタクシーで追跡してきたものの、都内を出たあたりから料金メーターがカチャカチャいうたび冷や汗が出て、ここからは自腹だと思うと心拍数が上がり血圧が上がり血糖値が上がり生きた心地もしない。

「どんな年間予算なんすか。うち」

8万円て、安すぎねっか。

「今日、本当に上野真帆は我々の前に現れるんだろうね」

「あの車はディアブロの常用車ですからね。追っていれば何か動きがあるはず」

ふたりはお台場のビルからディアブロに張りついていた。真帆の父親、上野彰彦が調べていた石油系大メジャーのボスである。

「んー、でも、バレてると思うんだ。うちらの尾行」

「そうすね」

ふたりはタクシーの中から、改めて前方を見た。何台ものボディガード車が、堅固な要《よう》塞《さい》のごとく1台のベンツを取り囲むようにして走行している。

と、当麻がキャリーバッグの中から何やら取り出した。

「ぎゃー」

野々村が腰を抜かさんばかりにのけぞる。当麻の生首だ。いや、当麻に似せてある人形で、当麻と同じ、グレーのスーツを着せてある。

「ダッチワイフです。新品ですから、あとで自由に使ってください」

野々村が柿ピーの中にあるものを混ぜてあることを知っているかのような口ぶりだ。それは若いギャルとつき合う男の常備薬。

「は。ごちそうになります。いやいやていうか、君はどうすんの？」

「ディアブロのボディガードは、これで十分、引きつけました。たぶん、どこかで本人はこっそりとすり替わり、このあとの絶対、出ないといけないサブコードの会議に出てるはず」

「なんと……」

「そこに上野真帆も来ます」

「なんで知ってんの？」

「上野真帆にディアブロの中の裏切り者が、いろんな情報を流してたんすよ。ハッキングしてわかりました。ディアブロぐらいの大物でも、組織人つーのは常に仲間からポジションを狙われとるもんすなあ」

「僕もそういう経験あるなあ。40過ぎの時にね……」

ジジイの昔話につきあっているヒマはない。さっくり無視し、当麻はタクシーの運転手のほうへ身を乗り出した。

「次のトンネルに入ったら、すぐカーブがあります。カーブの内側になるべく寄って、走ってください」

「はあ？」

トンネルに入った。瞬間、前の車が見えなくなる。と同時に当麻はドアを開け、外に飛び出した。

「囮《おとり》担当よろしく」

声だけを残してドアがバタンと閉まる。

「当麻君!!」

小さな身体が勢いよくゴロゴロと道路を転がっていく。そこへ走ってきた後続車のドライバーが、道の真ん中に現れた当麻を見て驚愕《きょうがく》の表情を浮かべた。頭が真っ白になったらしく、ブレーキを踏み込むことすら忘れている。

「エネルギー保存の法則ジャンプ!!」

当麻はゴロゴロエネルギーを反重力エネルギーに変換し、走ってくる車を跳び越えた。

頭脳は運動神経を凌駕《りょうが》する。

「ウソダー」

ドライバーの声が背後で遠ざかっていく。

「バカヤロー。主人公がここで死んだら、少年ジャンプの打ち切りと一緒じゃねーか」

悪態をついて、当麻は走り去った。

＊

巨大ホテルの地下駐車場に、清涼飲料水の配送トラックが入ってきた。街でよく見かける、ロゴ入りの赤いトラックだ。

自動販売機の補充だろうか、これもよく見かける赤いストライプの制服を着た男がふたり降りてきて、帽子を取った。

「トラックの助手席に座ったのは20年ぶりだな」

ディアブロだ。

「20年前にトラックに乗ったのは、なんの時で」

もうひとりは、部下の男らしい。

「トラックの運転手から出世した時だ。17歳の時から無免許でトラックの運転手をやってたからね」

「違法じゃないですか？」

「ああ。俺はエリートじゃない。貧乏人からの叩《たた》き上げだ。でなきゃこの手で人身売買なんかやるもんか」

「意外に、演歌ですね」

「バカヤロー。お前だって拾ってやったじゃないか」

生き残るための非情さは身についてしまっているが、じつはあんがい苦労人らしく面倒見がいいのである。

そこへ、車椅子の少女がキコキコと自分でハンドリムを回しながらやってきた。ちょっと見惚《みと》れるほどの美少女である。

少女はまだ車椅子の操作に慣れていないのか、車止めに前輪のキャスターが引っかかり、ガシャンと横向きに倒れてしまった。

「大丈夫かい？」

人間には困っている人を助ける本能があるというが、ディアブロもまた少女に近寄り、抱きかかえるようにして助け起こしてやった。

「――――」

ディアブロがハッと目を見開く。

「大丈夫です」

少女はにっこりした。ディアブロはその顔を凝視したまま、微動だにしない。

「どしました。ボス？」

様子が変だ。部下の男がけげんそうに声をかけると、半開きになっていたディアブロの口の端から鮮血が滴り落ちた。

「グ、グ、グ……お前だったのか……」

ディアブロの左胸にズブズブと右手を突っ込んでいる少女こそ、上野真帆である。

「家族の敵《かたき》。晴らさでおくべきか」

ついさっき、墓地で両親と弟に合わせてきた、その手にグゥッと力を入れる。

強烈な痛みにディアブロが白眼を剥《む》いた時だ。「やめな」という声と共に飛んできた赤いキャリーバッグが、ディアブロの頭を直撃した。

幸か不幸か、その衝撃でディアブロの身体から真帆の右腕がスポンと抜けた。

「うう……」

うめき声をあげているディアブロを、部下の男が急いで車の陰へと抱えていく。

転がった真帆は体に結びつけたヒモをグッと引っ張り、車椅子を引き寄せると、体勢を立て直しながら鋭く叫んだ。

「何奴《なにやつ》!?」

「当麻推参‼　てか、時代劇か」

　ノリツッコミで登場だ。

　真帆が軽業師のようにスタッと車椅子に乗る。

「邪魔立てすると、お主《ぬし》とて容赦せぬぞ」

「何が容赦じゃ。ガチでかかって来いやー」

「ならば、参る‼」

　改造車椅子から、ビシュッビシュッと吹き矢のような武器が飛び出してきた。

「飛び道具⁉　子連れ狼か」

　すばやく上着を脱いで吹き矢を払う。

「くッ‼」

「人殺しはやめな。上野真帆‼」

「なぜ、名前を……」

「あたしは刑事よ。あなたの犯罪を止めに来た」

「止める⁉」

　真帆の美しい顔が大きくゆがんだ。

「あんた、犯罪者の味方をするの⁉　警察は何もしてくれないじゃない！」

「────」

「私は法に代わって、この私の手で家族の敵をとる。止めるなら、あなたも殺す。邪魔しないで」

怒りを吐き出すと、最後はすがるような口調になった。

「お願い……」

憎しみ。憤り。悲しみ。真帆の激しい感情は、すべて愛情から生まれたものだ。この世の不条理に対抗する術《すべ》を持たない少女がスペックで復讐《ふくしゅう》を誓ったとて、誰に責めることができるだろう。

その時、ディアブロの部下が当麻と真帆に向けて銃を乱射してきた。

「‼」

次の瞬間──。

静止する時間。

静止する世界。

静止する銃弾。

全員が人形のように動きを止めた中に、ニノマエが立っていた。

車の陰に寝かされていたディアブロに歩み寄り、その頭に触れる。

「ニノマエ」

ディアブロがハッとしてニノマエを見上げた。が、動かせるのは頭部だけだ。

「あなたの一部を僕の時間の流れに取り込んだ」

「体が動かない……体を動かしてくれ」

懇願するディアブロを、ニノマエは冷たく見下して言った。

「この世界では僕は唯一全体の王《キング》だ」

宙に静止した弾丸を、ディアブロの目の前に持ってくる。ニノマエが指を鳴らした時、何が起きるのか察知したディアブロは蒼白《そうはく》になった。

「やめろ。やめてくれ。お願いだ」

汗が額を流れ落ちる。

「ふふふ」

ニノマエは楽しそうに笑って当麻のほうへ歩いていき、その頬に触れた。

当麻がまばたきして、ハッと目を見開いた。パソコンの画像に出てきた少年が、人懐っこい笑顔を浮かべて当麻の顔をのぞき込んでいる。

「ニノマエ?」

「久しぶりって、君は知らないかも知れないけどね」

「こんの」

ヤローとパンチをかまそうとするが、腕が動かない。

「君の意識の一部だけ、僕の時間の流れに取り込んだ」

「バカな。そんなことが……」

「世界はひとつじゃない。それぞれの意識の数だけ世界はある。一部は重なり、ある重なり以上だけを持つものを人は意識でき世界を誤解している」

「――」

「この世界の中には違う速度で生きている生物もいっぱいいるよ。速度が違えば分子の質も量も異なるから、目に見える形ではぶつからない。僕は、その膜というか壁を、自由に往き来できる。そして、意図した部分も僕の時間の中に取り込める。わかるかい?」

「そんなことがなぜ、できるの?」

「さあね。ボールを狙った所になぜ投げられるのか説明しにくいように、なぜ、僕にこんなことが出来るのかは説明しにくい。――たったひとつ言えることは、僕は史上最強の人間だということだ」

そう言いながら、ディアブロにしたのと同様に、宙に止まった弾丸を当麻の目の前に置く。

「ナンシーもなかなかの人類だった。彼女も僕と同じ選ばれた人間だ……」

「ナンシー……」

何か引っかかるが、頭の中に厚い雲が垂れ込めたように思い出せない。

「そうか、記憶を消されたね。つまんないの。僕がどれだけすごいか、せっかく思い知らせるため、カメラの前でワザワザ、ショーを見せてあげたのにさ」

記憶を消される？　ニノマエが何を言っているのか、当麻にはまったく訳がわからない。

「さて、と。ディアブロ、あなたを助け、この子を殺せばいくらくれる？」

「1億!!　キャッシュで払う」

「1億ドル？　まさか1億円じゃないよね」

「今、円高だから、円で持ってたほうが得だよ。リーマン・ショック知ってる？」

「あ、そうなの。じゃ、1億円で」

うまいことニノマエを言いくるめ、ディアブロはひそかにほくそ笑んだ。スペックホルダーとはいえ、まだ青臭いガキだ。チョロいもんである。

そう安堵《あんど》したのもつかの間、目の前にスッとナイフの切っ先が突きつけられた。

「子供だましは一番嫌いなんだよね。ナイフで死にたい、弾丸で殺されたい。それとも」

と、ニノマエはポケットから大量の瞬間接着剤を出してみせた。殺害ホルダー最近のお気に入り登録である。

「この瞬間接着剤で、まず、鼻の息を止め、目をふさぎ、耳をふさぎ、最後に喉《のど》の奥を固めてみようか。喉がふさがって息が少しずつ出来なくなって死んでいくのは苦しいだろうね」

「すみません。100億ドルなんとかします」

速攻謝って金を工面するのも、裏社会での生き残り術だ。

「そ。あまり、僕に逆らおうとしてもいいことないよ。次はサックリ殺すからね」

「はい」

「取り引きは成立した。んじゃ、この小娘と、当麻を殺すか」

静止した世界の中ではどうすることもできず、当麻は唇を噛《か》んだ。このまま、成り行きを見守るしかない。

ニノマエが真帆の体に触れた。

「お嬢さん」

「なんだ、お前」

真帆が強気そうな目でニノマエをにらみつける。

「よく、立派に戦ったよ。車椅子の少女なら誰も警戒しない。しかも、倒れたら、みんな心配して向こうから近寄ってくる。その瞬間に心臓をひとつかみ」

当麻は、野々村と回った三つの事件現場を思い出していた。

最初の被害者が殺された公園には、車椅子用のスロープがあった。

2番目の現場は、高級デパートの身体障害者用トイレ。

最後は、バリアフリーの行き届いたホテルの駐車場だ。

すべて車椅子の真帆がいても不自然ではなく、しかも移動ができる場所である。

真帆がとっさにニノマエの胸に手を伸ばした。殺《や》るなら今しかない。が、ひょいとよけられ、真帆は無様に車椅子から転げ落ちてしまった。

ニノマエがゆっくりとナイフを出して構える。大きな軍用ナイフだ。

「!!」

恐怖にすくんだ真帆の体を後ろ向きに押さえつけ、首に切れ味鋭そうな刃を当てる。当麻は脂汗を浮かべて、背を向けているニノマエの後頭部をにらみつけている。

「怨《うら》みのためだけに生きていく人生は不幸だ。心から笑うことが二度と出来ないことを僕は知ってる」

そのニノマエの目に涙が溢《あふ》れていることを、当麻は知らない。

「やめろ!!」

当麻は叫んだ。すでにあきらめたのか、当麻の目に映る真帆は身じろぎもしない。

「安らかに眠って。いつか、君の本当の敵は僕がとる」

ニノマエは目を閉じて、少女の細い首にナイフを刺した。一面にバッと鮮血が飛び散る。

「このやろー」

全身を激しい怒りが貫いた瞬間、当麻の頭の中に封印されていたナンシーの思い出がいっせいに溢れ出した。

「ナンシー!!」

ニノマエがエッと振り返る。

「なろ——!!」

なんと、当麻の体が時間の束縛を破って動きだそうとしている。

「左手、動け!!」

「動く訳ない」

ニノマエはせせら笑ったが、次第に当麻の左手の周囲に黒い雲のようなものが拡がり始めた。そのブラックホール化した空間から、ワラワラと歪《ゆが》んだ顔や手や怨嗟《えんさ》の声が塊となって湧き出す。

「な、なんだ」

ニノマエは驚愕した。その塊は時空をものともしない。

拡がる闇が目の前の銃弾を撥《は》ね除《の》けた。

「ヤバイ。逃げるか」

ニノマエがパチンと指を鳴らす。次の瞬間には、ニノマエとディアブロたちの姿が消え、
標的を失った銃弾がカンと壁に当たって落ちた。

「――――」

あとには当麻と、首を切り落とされた真帆の死体が残った。

8

霊安室に横たわった真帆は、醜い殺され方に反して静かな死に顔をしていた。

「——————」

ナンシーに続いて、真帆までも。

首をつなげた惨たらしい傷口の縫い目が見えないように、当麻は可愛い花柄のスカーフを真帆の首に巻いた。こんなことしかできない自分の無力さが情けない。

「一部始終がビデオに残っていたよ。ただしビデオの故障ということで、捜査一課としては一切証拠採用しないそうだ」

淡々とした口調だが、野々村の声は苦渋に満ちている。

「君の証言も、お蔵入りだ。ご丁寧にも君の精神鑑定をお勧めされたよ」

——隠ぺいかよ。上に行けば行くほど真実より面子《メンツ》が優先される。

「係長。この子、殺される前に、あたしに言ったんです」

真帆の瞳《ひとみ》には、殺人者の狂気はカケラもなかった。

――あんた、犯罪者の味方をするの⁉　警察は何もしてくれないじゃない！

ただ、純粋な怒り。

――私は法に代わって、この私の手で家族の敵をとる
行きどころのない悲しみ。

――邪魔しないで。お願い……

あの悲痛な叫びを忘れることなど、一生できはしない。

「――あたしたち、どうすりゃいいんすか。ぶっちゃけ」

「私たちは、刑事だ。現行法にのっとり裁くしかない」

「現行法にのっとり……ね」

その含みのある言い方に、野々村は不安を覚えた。

「当麻君、何を考えてるんだね」

「現行法であたしが問題になんなきゃいいんすよね」

「おいおい。私たちは刑事だ。その事は絶対忘れるなよ」

「――へえへえ」

うっとうしそうに生返事をし、部屋を出ていこうとした当麻に野々村が言った。

「ちなみに最終的な責任はすべて私がとる。刑事として、正義《ベスト》を尽くせ」

当麻がニヤリとする。カッコいいじゃん、ゴリさん。

「へえへえ」

野々村の信頼に感謝しながら当麻が出ていくと、入れ替わるようにして、奥から人影が現れた。

「……柴田君」

「現行法では対応できないこの種の事件が世界中で起こっているそうです」

出世してすっかりエラい人になってしまったが、今なおこうして野々村に機密情報を提供してくれる。

「古いタイプの刑事としては、法によらず水面化で、監視取締を行うってのは抵抗あるんだがね」

「誰だってそうですよ。明文法によらず、市民の平和を守るには、立法者や法学者並みの……いやそれ以上の法感覚が必要です。でないと戦前のような無法警察になってしまう」

「まさに」

「だからこそ、未詳を野々村さんにお任せしているんです。この世界が、道を誤らないように……」

「老人には荷が重いな」

「ふーん。老人ねえ」

柴田は意味深な笑みを浮かべながら、「これ」と1枚の写真を出した。小悪魔風に小首をかしげ、エッグポーズを決めたギャルだ。

「み、雅ちゃん⁉」

柴田がすかさず写真を引っ込める。

「まだまだお若いじゃないすか。ククク」

「……それは、あの……プラトニックで。タハハ」

だってまだ未成年。

「タハハじゃねーから」

不倫と離婚何回繰り返せば気が済むんだ。

柴田は、野々村のすねを蹴《け》り、痛がる野々村を横目に上野真帆の顔にそっと白布をかぶせた。

＊

警視庁を出た当麻は、ちょっとした買い物をするため、高まりスポット中野《なかの》ブロードウェイのサバイバルショップにやってきた。

あれこれ買い込んでいると、ガンコーナーに黒いスーツを着た、いかにも軍人マニア風の坊主頭の男がいた。

ちょっと引くくらいの熱心さだ。ああいう脳筋男がモデルガンなんかを改造して、いつか事件を起こすに違いない。

自宅に戻った当麻はまっすぐ2階の自分の部屋へ行き、畳をひっくり返して隠してあったプラスチック爆弾の材料を取り出した。

「日本のユナボマーと呼ばれたアタシをなめんなよ」

さっそく爆弾づくりに取りかかる。そこへ、祖母の葉子が「何やってんの?」と顔を出した。

「ん。爆弾」

「アハハ。あいかわらず、面白い冗談、言うわねー」

「ん、マジだけど」

ガツガツ仕掛けを作っているが、葉子は冗談だと信じきっている。

「そう言えば、地居君が来てるけど」

「今、オランダに大麻吸いに行ってるとか言って追っ払っといて」

合法だし。

「居留守を使うのね。わかったわ。ウフフ」

若やいだ笑い声を発しながら、妙に上機嫌で階段を下りていく。

「ちゃんと言い訳できるんだろうな……」

しばらくすると、階下から玄関の立ち話が聞こえてきた。

「ごめんなさいね。紗綾ったら、今朝突然、オランダにタイマーを据えに行っちゃって……」

「タイマーを据えに？」

当麻は爆弾づくりの手を休めずにチッと舌打ちした。

「タイマーを据えにオランダ行くわけねーだろ」

再び、葉子と地居の会話に耳をすます。

「ほら、あの娘、爆弾を作る趣味があるじゃない。だから、その関係じゃないかと思うのよ。時限爆弾とか、タイマーくっつけるでしょ」

「えっ!!　それは一大事ですね。僕が止めなきゃ。僕もオランダに行ってきます。何か紗綾から連絡あったら、必ず僕に教えてください」

「はい。はい。気をつけてね」

慌てて去っていく地居の足音。

「バカじゃね。ふたりとも」

ある意味スゲーな。

と、階段を上る音が聞こえて、ミッションを達成した葉子が、ニコニコしながら部屋に入ってきた。

「うまく言っといたわよ。ウフフ。あたしってこういう言い訳うまいのよ」

「うまいかどうかはビミョーだけど、ありがと」

「あら、その指輪、きれいねー」

当麻は自分の左手の薬指を見た。約束のダイヤの指輪が、キラキラ輝いている。

「地居君にもらったの?」

「――――」

お台場での地居のプロポーズを思い出す。ガラにもなく甘酸っぱい気持ちになったけれど、ナンシーと真帆をむざむざ死なせてしまった自分がひとり幸せになるわけにはいかないのだ。

「……誰にもらったか、忘れちゃったな」

「あら、罪つくりな女ね。今井夏木さんみたい」

「誰それ」

「ウフフ。内輪ネタ」

そろそろ書道教室の子供たちがくる時刻なのだろう、葉子は笑いながら階段を下りていった。

「なんだか、すごい下ネタ言われた気がするなあ」

言いつつ、無意識のうちに目が自分の左手の指輪を見ていた。

「なんだかんだ言いつつ、喜んでたんだ。私……」

ふと、寂しさがよぎる。

「仕方ないね。刑事だから。幸せなんて、ララーラーララララーラー」

当麻はまた、一生懸命爆弾をつくり始めた。

＊

当麻は適当な岩場を選び、チマチマと地面に爆弾を埋めていった。バッテリーにリモコンをつないで、テストしてみる。

「よーし。ＯＫ‼」

文紀山《ふみき》の夜が明けてきた。

「——さあ、欽《きん》ちゃんのドーンとやってみよー」

高まっていると、声がかかった。

〈レッツ・ファッキン・パーティーだろ〉

聞きなれた、ダーティなブロークン・イングリッシュ。

〈そか。そだね。てか、勝手に出てくるな。ファッキン・ホットドッグ〉

いつもの辛辣《しんらつ》なジョークをかまし、当麻はニヤリとした。

朝日に向かい、岩場にすっくと立つ。当麻ひとりの影だけが、大地に長く伸びていた。

＊

次にお台場へやってきた当麻は、オブジェのような超高層オフィスビルをにらみ上げた。

「てめえら、いっぺん、滅ぼしてやる」

神経を集中すると、当麻は左の掌をガッと空に向けた。

＊

皇居の芝生の上。白い帽子を顔の上に載せて寝転がっている、白い服の青年がいた。

「せっかくファティマでご丁寧に教えてあげたのに、人類は常に決まった道を歩んでいく」

その横で、幼い少女が鯛焼き《たいや》の腹を食いちぎっている。

「その先に何を果たしたいのか。まあ、どうしようもなければまたリセットするか」

「この泡《コスモ》には珍しくこだわるね」

「それはないけどさ、今度のソロモンにはちょっと引っかかってる」

少女は、紙袋から新しい鯛焼きを取り出しては腹だけを食いちぎり、あとは興味をなくしたように捨ててしまう。

凝り始めると、しばらくはそればっかりだ。お腹を壊さなければいいが――青年は小さくため息をついた。

＊

空に突き出した左手を、次は掌《てのひら》を地面に叩きつける。その左手を中心として、じわじわと大地に闇が拡がっていく。

「お力、お借りしやす」

当麻の手が、誰かの頭をつかんで引きずり出した。

さて、パーティに必要な七面鳥狩りとしゃれこむか。


バチバチバチ。ビルの中のあらゆる明かりが火花を散らして消え、窓のガラスや蛍光灯が弾《はじ》け飛んだ。

悲鳴を上げて出口に殺到する人の群れに逆らうように、当麻がゆっくりとエレベーターホールに向かって歩いていく。

動かなくなったエレベーターのスイッチを押すと、魔法のようにパッと明かりが灯《とも》り、エレベーターが生き返った。

9つのボタンが勝手に点灯し、当麻をのせたエレベーターがスーと上昇していく。

49・5階のディアブロの隠し部屋も、パニック状態に陥っていた。

他のフロアと同様に明かりが消え、デスクのパソコンが火を噴いている。

「なんだ。何が起こってるんだ」

突然、闇の中にランプが光った。数字の49と50。エレベーターの到着を示すランプだ。

「撃て!!」

ディアブロの号令でサブマシンガンに滅多撃ちされ、エレベーターはハチの巣になって粉々に壊れた。

「見てこい」

部下がおそるおそる近づいていく。その時、落ちていたケーブルからバチバチと電流が飛び発火した。

「うわー」

感電死した部下を目の当たりにしたディアブロが悲鳴を上げる。その周辺にいた部下たちも次々と電気ケーブルから電流に絡みつかれ、感電・発火して死んでいく。

「ヒー」

その時だ。壊れたはずのエレベーターが再び動きだし、扉が開いて、まばゆい光の中から当麻が出てきた。

「当麻」

まるで死の天使だ。

「調子はどうだい？　ディアブロ」

微笑みすら浮かべて、ゆっくりと近づいてくる。

「こ、殺さないでくれ。金ならいくらでも払う」

「殺されたくなかったら、あたしの言うことをきくんだね」

ふたりそろえば、やっぱ最凶じゃん。

当麻は一人言を呟いた。

＊

その頃、地居はオランダの街を当てもなくぼんやりと歩いていた。

「紗綾どこにいるんだー」

マレの跳ね橋とか風車小屋の中とかチューリップ畑とか、あちこち捜し回ったが、どこにもいない。いったいどこに爆弾を仕掛けてるんだか。

英語とスペイン語は得意だがオランダ語はからきしなので、なかなか捜索が進まない。途方に暮れていると、ポケットのｉＰｈｏｎｅが鳴った。

「もしもし」

「どこいるの？」

ニノマエの声だ。地居はキリッと顔を引き締めた。

「当麻を追ってオランダに潜入してます」

「バカ。文紀山にいるってよ」

「えっ」

ニノマエは、ボロボロに破壊されたディアブロの部屋にいた。

『バカニノマエへ。

ディアブロを返してほしければ文紀山へ来い』

あっかんべーのイラストつきのメッセージが、ムカツクことに『中部日本餃子《ギョーザ》のＣＢＣ』のレシートの裏に書いてある。50人前だって。どんな胃袋なんだ。

まあしかし、ひとりでここまで乗り込んできた度胸は褒めてやろう。

「俺と勝負しようってのか。ククク。ウケる」

地居への電話を切ると、ニノマエは愉快そうに笑った。

＊

当麻は文紀山の岩場に座り、銀だこを食いながらニノマエを待っていた。

「あなた、スペックホルダーですよね」

縄でグルグル巻きにされて正座させられたディアブロが、おずおずと申し出た。

「あのー、もしですね、よろしければ、月収1億で味方になってもらえませんか？」

「1億ドル？　1億円？」

「え、え、え……えん……」

当麻がギロとにらむ。

「契約金1億ドルで、月収1億円でどうでしょう」

さらにギロ。

「えー、不満!?」

「いいねー」

ニコーッとする。月収1億円だと餃子何皿食えるかな。

「でしょー。じゃ助けて」

「だってあたしが決めることじゃないもーん」

「いや。誰も見てない。君の人生は君が決めればいいんだ。おじさんと一緒に時代を変えよう。ね。ねっ」

「あたしはいいけどおー、あたしのスペックはあたし自身ぢゃ、なんともどうともなんないんだなぁ」

「えー？　それ、どういう意味っすか？」

その時、ジャリッと石を踏む音がした。

当麻は背中で、その音の主《ぬし》にかみついた。

「おせーよ。何個、銀だこ、食わせんだよ」

銀だこの空舟が当麻の足元に山を作っている。

「やはり、あんたもスペックホルダーだったか」

その足音の主は、まさしくニノマエだった。

飲みこもうとしたたこ焼きにむせながら、当麻が立ち上がる。

「そう言われるのいやなんだけど。あんたみたいに、化け物じゃねーんだからさ」

化け物だって？　王を自負するニノマエはムッとした。

「うっせえ、サカナちゃん。サカナ顔のくせに」

「サカナちゃん？　サカナ顔？」

当麻はハッとした。今の言い方、弟の陽太にそっくりだ。

その昔、ムキになるのが可愛くて歳の離れた弟をからかうと、

「うっせえ、サカナちゃん」

必ずそう言い返してきた。なんだか、面差しまで似ているような気がする。

「いや、それにしては年齢が違いすぎるか。フ……」

陽太が飛行機事故で死んだのは6歳の時だった。生きていれば12歳。今、目の前にいる少年は、どう見ても高校生くらいだ。

「やれー。ニノマエさん‼　そのサカナゲルゲをやってしまえ‼」

ディアブロが縛られたまま声援を送る。

怪人扱いか。調子こきやがって、ちくそー。

「サカナ顔じゃねえ」

当麻はグアッと天に左の掌を拡げた。

「上野真帆‼　あんたに借りを返すよ。来いやー、来いやー、出て来いやー」

その掌を今度は大地に叩きつける。次の瞬間、大地に闇の世界が拡がった。

「召喚‼」

当麻が叫ぶ。

「召喚⁉」

「なんじゃそりゃ？」

ニノマエとディアブロがあっけに取られて見ている前で、大地の闇から、当麻の左手がぐぐっと誰かをつかみ出した。

死んだはずの、上野真帆だ。

「お、お化け？」

腰を抜かさんばかりのディアブロに向かって、真帆が大地を蹴って駆けだす。

「足が⁉　走れるのか⁉」

真帆はぶつかるようにディアブロの胸に手を突っ込むと、力まかせに手を引き抜き、バッと身を離した。

「な……」

痛みを感じる暇すらなかったのだろう、ディアブロはただ驚愕《きょうがく》の表情を浮かべている。

真帆の手から、まだ生温かいディアブロの心臓がぼとりと地面に落ちた。

「今は亡き家族の無念、思い知ったか」

その言葉を聞き届けたように、ディアブロは血を吐いて倒れた。

もう思い残すことはない。真帆はくるりと当麻を振り返った。

「当麻さん、ありがとう」

「――いや、ごめん」

「じゃあね」

真帆は晴れやかに笑い、まるでプールに飛び込むように地面の闇にチャポンと飛び込んで消えていった。

「チャポンって……」

ニノマエが呆《あき》れたようにつぶやく。

「次はてめえだ」

当麻がニノマエに向き直る。が、ニノマエは恐れるどころか、余裕しゃくしゃくの笑みを浮かべた。

「君が爆弾マニアだという事は知ってる」

「なっ」

ニノマエは確信に満ちた足取りである場所まで歩いていき、足元の土を蹴《け》り上げた。現れたのは、当麻が隠しておいた起爆装置だ。

当麻は慌ててリモコンを押した。が、なんの反応もない。

「バッテリーは全部、外しといた。プラスチック爆弾だから、起爆装置なしにはどうにもならない。ダイナマイトにしとけば、まだなんとかなったのにね……」

勝ち誇ったように、クスリと笑う。

「僕を四方八方から爆弾で焼き尽くすつもりだったんだよね。ここが、ちょうど中心かな」

ニノマエがぐるりと周囲を見回す。その通りだった。

「――――」

「何その顔。次の手がないってくらい悲壮な表情だけど。ククク」

「あたしをなめんな」

「その左手のスペックは魅力的だ。君は死者のスペックを使えるんだね」

「チッ」

当麻は舌打ちした。

＊

皇居の芝生の上。そろそろ陽も傾いてきたというのに、白い服の青年はまだそこに寝転んでいた。

その横で、白い服の女がハンバーグ弁当のハンバーグをパクパク食べている。

「時の壁を超える少年と次元の壁を超える女。脳の進化は新しい世界を皮膚感覚で捉《とら》え、今までの非常識を常識にかえていく。そういう意味では究極の科学者は究極の哲学者であり、究極の支配者たりうる」

青年が深遠なセリフを口にすると、女がクスッと笑った。

「この世界の人間に期待しているのね」

「いや……どうだろう。そうかもね」

「その甘いところ。可愛いわよ」

「チェッ」

子供扱いされた青年は、ちょっと拗《す》ねてみせた。

*

「僕の味方にならない？」

ニノマエは、すっかり当麻のスペックに惚《ほ》れ込んでしまったようだ。

「動くな‼」

当麻の気配を察知して、ニノマエが鋭く叫んだ。

「一瞬でも動いたら時を止め、君の首を落とす」

当麻が大人しくしているのを確認すると、ニノマエは上段に構えて演説をぶち始めた。

「残念ながら君は、僕には勝てない。それは君と僕との悲しみの差なんだ。スペックは、その人の想いに応じて目覚めるもの。夢や希望じゃなく、怒り、悲しみが、進化の根源だ。君はまだ、生ヌルい」

「あんたに、幸福論を説いてもらってありがたいよ。こんなあたしでも、改めて、今幸せだって思えたからね」

「で、どうする。僕の味方になる？　どうせ他人に頼らないとなんの役にも立たないスペックでしょ。僕のスペックに頼って生きるか、それともここで死ぬか」

案に相違して、当麻はフッと笑った。

「他人を信じる絆《きずな》が、あたしのスペックだよ。夢、希望は、怒り、悲しみに破れるとは、あたしは思わない。ね。ナンシー」

「ナンシー?」

ハッと気づいた時には、黒い肌の巨体がニノマエの後ろに立っていた。

——そうか。この女のスペックは電気……。当麻はとっくに、おそらくあのビルに乗り込む前から、この女を召喚していたのだ。

「ずっと前から、あたしはここにいる。油断したね」

ナンシーは腰をクネッとさせて歌い始めた。

「恋かな〜YES! 恋じゃなーいYES!」

ニノマエが青ざめると同時に電流がバッテリーから噴き出し、プラスチック爆弾の信管にビシッとつながった。

「!!」

ニノマエが指を鳴らすより一瞬早く、四方八方360度、ニノマエの周囲で火の塊がいっせいに破裂した。

爆風で吹っ飛んだ当麻を守るように、懐かしい感触が包み込む。

その時、ニノマエの指が鳴り、時が、静止した。

「グゥ。熱い」

静止した火のバブルの中で熱さに苦しみながら、ニノマエは宙に吹っ飛んだまま静止している当麻を見つけた。

「畜生～!!　当麻～!!」

必死に地面を掘る。熱がのどを焼いて息苦しい。

「うわあ～!!」

耐えきれずに世界が動きだす。当麻は頭から地面に叩《たた》きつけられた。

「グァッ」

当麻の目の前が真っ暗になった。


ぼんやりした意識に、バチバチと何かが燃えている音が聞こえてくる。

「アツい……のど、かわいた」

地面に横たわっていた当麻は、ズキズキする頭を二、三度振って、周りを見回した。炎の奥に誰かが倒れている。

「誰……子供……」

混乱していた頭が、やっとハッキリした。

「ニノマエ!!」

火傷《やけど》を負った体でヨロヨロと立ち上がり、ニノマエのそばに近づいていく。息はある。気絶しているようだ。

「ニノマエジュウイチ。逮捕する」

当麻はその手に手錠をかけ、手錠のもう片方を自分の左手にかけてから、ポケットを探った。

「あれ。瞬間接着剤がない」

時を止められないよう、ニノマエの指をくっつけるためだ。

「ここだよ」

「!!」

いつから目を覚ましていたのか、ニノマエがニヤッと笑みを浮かべた。その手に、〝当麻〟と名前が書かれた瞬間接着剤を持っている。

と、当麻の背後で残っていた火薬がドーンと爆《は》ぜた。

再び爆風で吹っ飛ばされた当麻は、しばらく意識を失っていた。

「うう……」

どれくらい時間が経ったのだろう。

全身が痛い。横たわった体が1ミリも動かない。

目を開けると、薬指に指輪をした左手が、目の前に地面に転がっていた。その近くに、手錠が落ちている。

いったい何が起こったのか……。

地居から指輪をもらってはしゃいだあの時が、もう遠い昔のような気がする。

「――」

全身の痛みで意識を半ば失いながら、当麻は他人のもののような左手首をぼんやり見つめていた。

エピローグ

朝っぱらから当麻がデスクで餃子《ギョーザ》プラモに熱中していると、野々村が出勤してきた。

「おはよう。まだ腕のケガ治らないの？」

ちょっと心配そうに、三角巾《さんかくきん》で吊《つ》っている当麻の左手を指差す。

「治んないす」

「骨折って聞いてたから、そろそろギプス、とれそうなもんだけどね」

「骨そしょうしょうしょうなんです」

「あ、骨しょしょしょしょしょ……ああ。あれね」

自分も噛《か》んだくせに、当麻がフンと鼻を鳴らす。

「そうだ。昨日、奇妙な事件があったそうだよ」

「なんすか」

「海外の麻薬取り引きをＳＩＴが急襲したらしいんだがね、そこの瀬文《せぶみ》って隊長が部下の志村《しむら》って奴を誤射したらしいんだ」

「ふーん」

「ところがその隊長は『部下の志村は自分で撃った弾に当たった』と証言して譲らないらしい」

大好物のにおい。当麻の鼻がヒクヒクする。

「ま、あり得ない話なんだが、志村の肉体から取りだされた銃弾のライフルマークは志村の持っていた銃のものだった」

「マジすか?」

舌なめずりせんばかりだ。

「上のほうは、銃を誤射したあと銃をすり替えたと思ってるらしい。ま、当然だがね」

「あいつなら、可能です」

――ニノマエジュウイチ。

ホテルの駐車場で、奴がディアブロと当麻に宙で静止した銃弾を向けたように、志村の撃った弾を逆向きにしたとしたら。

その瀬文という隊長の証言は正しいということになる。

それにしても、奴はどこに消えたのか。いや、おそらくニノマエは近くにいる。理由はわからないが、その気配を肌で感じるのだ。

「その瀬文さんって、未詳《うち》に呼べませんかね」

未詳の強力なメンバーになってくれそうな気がする。それに、スペックがらみの事件に巻き込まれるなんて、何か因縁めいているではないか。

「――私も同じことを考えていたよ」

彼には刑事魂を感じる。野々村は目を細めて微笑んだ。

元SIT隊長、瀬文焚流《たける》が未詳で当麻と数多くの不可思議な事件に立ち向かうことになるのは、もう少しだけ先の話である。

出版企画／ＴＢＳテレビ　ライセンス事業部

SPEC《スペック》～零《ゼロ》～

原案／西荻弓絵《にしおぎゆみえ》

原作／里中静流《さとなかしずる》

ノベライズ／豊田美加《とよだみか》

角川文庫 17370

平成二十四年四月二十五日　初版発行

発行者─井上伸一郎

発行所─株式会社角川書店

東京都千代田区富士見二─十三─三

電話・編集（〇三）三二三八─八五五五

〒一〇二─八〇七八

発売元─株式会社角川グループパブリッシング

東京都千代田区富士見二─十三─三

電話・営業（〇三）三二三八─八五二一

〒一〇二─八一七七

http://www.kadokawa.co.jp

印刷所─旭印刷　製本所─BBC

装幀者─杉浦康平

定価はカバーに明記してあります。

ん 37-6　ISBN978-4-04-100228-5　C0193

角川文庫発刊に際して

角川源義

第二次世界大戦の敗北は、軍事力の敗北であった以上に、私たちの若い文化力の敗退であった。私たちの文化が戦争に対して如何に無力であり、単なるあだ花に過ぎなかったかを、私たちは身を以て体験し痛感した。西洋近代文化の摂取にとって、明治以後八十年の歳月は決して短かすぎたとは言えない。にもかかわらず、近代文化の伝統を確立し、自由な批判と柔軟な良識に富む文化層として自らを形成することに私たちは失敗して来た。そしてこれは、各層への文化の普及滲透を任務とする出版人の責任でもあった。

一九四五年以来、私たちは再び振出しに戻り、第一歩から踏み出すことを余儀なくされた。これは大きな不幸ではあるが、反面、これまでの混沌・未熟・歪曲の中にあった我が国の文化に秩序と確たる基礎を齎らすためには絶好の機会でもある。角川書店は、このような祖国の文化的危機にあたり、微力をも顧みず再建の礎石たるべき抱負と決意とをもって出発したが、ここに創立以来の念願を果すべく角川文庫を発刊する。これまで刊行されたあらゆる全集叢書文庫類の長所と短所とを検討し、古今東西の不朽の典籍を、良心的編集のもとに、廉価に、そして書架にふさわしい美本として、多くのひとびとに提供しようとする。しかし私たちは徒らに百科全書的な知識のジレッタントを作ることを目的とせず、あくまで祖国の文化に秩序と再建への道を示し、この文庫を角川書店の栄ある事業として、今後永久に継続発展せしめ、学芸と教養との殿堂として大成せんことを期したい。多くの読書子の愛情ある忠言と支持とによって、この希望と抱負とを完遂せしめられんことを願う。

一九四九年五月三日

角川文庫ベストセラー

クジラの彼　有川　浩

ふたりの恋は、七つの海も超えていく。『空の中』『海の底』の番外編も収録した6つの恋。男前でかわいい彼女達の制服ラブコメシリーズ第一弾!!

見仏記　いとうせいこう　みうらじゅん

セクシーな観音様に心奪われ、金剛力士像に息を詰め、みやげ物買いにうつつを抜かす。珍妙な二人がくりひろげる〝見仏〟珍道中記、第一弾!

見仏記2　仏友篇　いとうせいこう　みうらじゅん

見仏コンビがまたまた登場! あるときは四国でオヘンローラーになり、あるときは佐渡で親鸞に思いを馳せる。ますます深まる友情と絆!

見仏記3　海外篇　いとうせいこう　みうらじゅん

見仏熱が高じに高じて、とうとう海外へ飛んだ見仏コンビ。韓国、タイ、中国、インド、そこで見た仏像たちが、二人に語りかけてきたこととは。

見仏記4　親孝行篇　いとうせいこう　みうらじゅん

ひょんなことからそれぞれの両親との見仏の旅「親見仏」が実現。いつしか見仏もそっちのけで、親孝行の意味を問う旅になって……。

見仏記5　ゴールデンガイド篇　いとうせいこう　みうらじゅん

会津の里で出会った、素朴で力強い仏像たち——。今回の舞台は二人の心をとらえた福島に加え、京都、奈良、和歌山、兵庫。笑いと感動の見仏物語。

ばいばい、アースI〜IV　冲　方　丁

天には聖星、地には花、人々は獣のかたちを纏う異世界で、唯一人の少女ラブラック＝ベルの冒険が始まる——本屋大賞作家最初期の傑作!!

角川文庫ベストセラー

角川文庫ベストセラー

入れたり出したり　酒井順子

人生、それは入れるか出すか。この世の現象を二つに極めれば、人類が抱える屈託ない欲望が見えてくる?! 盲点をつく発想が冴える書き下ろし！

ひとくちの甘能　酒井順子

あんみつ、たいやき、草餅などなど。四季折々に訪れて、全店制覇したい東京の絶品甘味、老舗・名店が大集合。お店の詳細情報つき傑作エッセイ。

甘党ぶらぶら地図　酒井順子

全国ご当地甘味、一都一道二府四十三県の老舗の味を食べ尽くす極上の甘味地図。すぐにでも出かけたくなること受けあいの旅心刺激エッセイ。

書を捨てよ、町へ出よう　寺山修司

あなたの人生は退屈ですか？　どこか遠くに行きたいと思いますか？　時代とともに駆け抜けた天才アジテーターによる、クールな挑発の書。

家出のすすめ　寺山修司

若者の自由は、親を切り捨て、古い家族関係を崩すことから始まる。寺山が突いた親子関係の普遍性。時代を超えて人々の心を打つ寺山流青春論。

ポケットに名言を　寺山修司

寺山にとっての「名言」とは、かくも型破りなものだった！　歌謡曲、映画のセリフ、サルトル、サン＝テグジュペリ……。異彩を放つ名言集。

幸福論　寺山修司

裏町に住む、虐げられし人々に幸福を語る資格はないのか？　古今東西の幸福論にメスを入れ、イマジネーションを駆使し考察した寺山的幸福論。

角川文庫ベストセラー

不思議図書館　寺山修司
けたはずれの好奇心と独自の読書哲学をもった「不思議図書館」司書の寺山があちらこちらで見つけた、不思議な本の数々。愉しい書物漫遊記。

もう悩まない！心が軽くなるブッダの教え　アルボムッレ・スマナサーラ
怒り、嫉妬、不安、憎しみなど心に生まれる負の感情は、心が勝手に作る「妄想」だった！　人生が幸せになる、今が「気づき」のチャンスです。

サッカーボーイズ　再会のグラウンド　はらだみずき
サッカーを通して悩み、成長する遼介たち桜ヶ丘FCメンバーの小学校生活最後の一年をリアルに描く、熱くてせつない青春スポーツ小説！

サッカーボーイズ 13歳　雨上がりのグラウンド　はらだみずき
地元の中学のサッカー部に入った遼介と、Jリーグジュニアユースチームを選んだ星川良。競技スポーツとしてのサッカーに戸惑う少年たちの物語。

サッカーボーイズ14歳　蝉時雨のグラウンド　はらだみずき
GKオッサの致命的ミスで大切な試合に負けてしまった、桜ヶ丘中学サッカー部。オッサは人に言えない悩みを抱えていた……。

鳥人計画　東野圭吾
日本ジャンプ界のホープが殺された。程なく彼のコーチが犯人だと判明するが……。一見単純に見えた事件の背後にある、恐るべき「計画」とは!?

探偵倶楽部　東野圭吾
〈探偵倶楽部〉――それは政財界のVIPのみを会員とする調査機関。麗しき二人の探偵が不可解な謎を鮮やかに解決する！　傑作ミステリー!!

角川文庫ベストセラー

さいえんす？　東野圭吾
男女の恋愛問題から、ダイエットブームへの提言、プロ野球の画期的改革案まで。直木賞作家が独自の視点で綴るエッセイ集！〈文庫オリジナル〉

殺人の門　東野圭吾
あいつを殺したい。でも殺せない――。人が人を殺すという行為はいかなることなのか。直木賞作家が描く、「憎悪」と「殺意」の一大叙事詩。

ちゃれんじ？　東野圭吾
自称「おっさんスノーボーダー」として、奮闘、転倒、歓喜など、その珍道中を自虐的に綴った爆笑エッセイ集。オリジナル短編小説も収録。

さまよう刃　東野圭吾
密告電話によって犯人を知ってしまった父親は、殺された娘の復讐を誓う。正義とは何か。誰が犯人を裁くのか。心揺さぶる傑作長編サスペンス。

使命と魂のリミット　東野圭吾
心臓外科医を目指す氷室夕紀は、誰にも言えないある目的を胸に秘めていた。それをついに果たす日が来たとき、手術室を前代未聞の危機が襲う。

夜明けの街で　東野圭吾
不倫する奴なんて馬鹿だと思っていたが、渡部は派遣社員の秋葉と不倫の恋に墜ちる。彼女は15年前に起こった殺人事件の容疑者だった……。

TRICK トリック the novel　蒔田光治　林誠人　監修／堤幸彦
この世界に霊能力者はいるのか？　売れない奇術師・山田奈緒子と物理学者・上田次郎が不思議な現象のトリックを暴く大ヒットドラマを小説化。

角川文庫ベストセラー

TRICK2
トリック2
蒔田光治
太田愛
福田卓郎
監修／堤幸彦

売れない奇術師・山田奈緒子と日本科学技術大教授の上田次郎の凸凹コンビが怪しげな超常現象のトリックを次々と解明！ 人気ドラマノベライズ。

TRICK
トリック―劇場版―
蒔田光治
監修／堤幸彦

奇術師・奈緒子に糸節村から神を演じてほしいと依頼がきた。日本科学技術大学教授・上田も巻き込まれ、村では次々と不可思議な現象が……。

TRICK
―Troisième partie―
蒔田光治
林誠人
監修／堤幸彦

ドラマ「トリック」のノベライズ第3弾。おなじみ山田奈緒子&上田コンビが言霊を操るという怪しい男と対決する「言霊を操る男」など全5話。

TRICK
トリック―劇場版2―
蒔田光治
監修／堤幸彦

大人気ドラマ「トリック」劇場版第2弾ノベライズ。山田奈緒子と上田次郎が対決するのは、村をも消し去る壮大な奇蹟を起こす筐神佐和子。

万能鑑定士Qの推理劇Ｉ
松岡圭祐

天然少女だった凜田莉子はその感受性を活かし、わずか5年で驚異の頭脳派に育つ。難事件を解決する莉子に謎の招待状が……。Qシリーズ決定版‼

万能鑑定士Qの事件簿Ｉ
松岡圭祐

凜田莉子、23歳――瞬時に万物の真価・真贋・真相を見破る「万能鑑定士」。稀代の頭脳派ヒロインが日本を変える。書き下ろしシリーズ開始！

万能鑑定士Qの事件簿Ⅱ
松岡圭祐

従来のあらゆる鑑定をクリアした偽札が現れ、ハイパーインフレに陥ってしまった日本。凜田莉子は偽札の謎を暴き、国家の危機を救えるか⁉

角川文庫ベストセラー

万能鑑定士Qの事件簿 X
松岡圭祐

凜田莉子、20歳。初めての事件に挑む！　天然だった莉子はなぜ、難事件を解決できるほど賢くなったのか。いま、全貌があきらかになる。

万能鑑定士Qの事件簿 XI
松岡圭祐

わずか5年で京都一、有名になった寺。そこは、あらゆる願いが叶う儀式で知られていた。京都に赴いた凜田莉子は、住職・水無施瞬と対決する！

今夜は眠れない
宮部みゆき

伝説の相場師が、なぜか母さんに5億円の遺産を残したことから、一家はばらばらに。僕は親友の島崎と真相究明に乗り出した！

あやし
宮部みゆき

どうしたんだよ。震えてるじゃねえか。悪い夢でも見たのかい……。月夜の晩の本当に恐い恐い、江戸ふしぎ噺――。著者渾身の奇談小説。

ブレイブ・ストーリー（全三冊）
宮部みゆき

平穏に暮らしていた小学五年生の亘《ワタル》に、両親の離婚話が浮上。自らの運命を変えるため、ワタルは「幻界《ヴィジョン》」へと旅立つ。冒険ファンタジーの金字塔！

時効警察
三木　聡・岩松　了・園　子温・ケラリーノ・サンドロヴィッチ・塚本連平

時効になった事件を趣味で捜査する警察官・霧山修一朗vs犯人。クセになる笑いが満載のノベライズ。巻末には岩松了による書き下ろし短編を収録。

帰ってきた時効警察
三木　聡・園　子温・ケラリーノ・サンドロヴィッチ・麻生　学・山田あかね・オダギリ　ジョー

時効を迎えた事件の真相を、単なる趣味で調べる総武警察署時効管理課の霧山修一朗。クセになる笑い満載のドラマ、「時効警察」小説版第二弾。

角川文庫ベストセラー